小小说美文馆

主编

马国兴

吕双喜

涉世

长途跋涉的苹果

郑州大学出版社

郑州

图书在版编目(CIP)数据

涉世:长途跋涉的苹果/马国兴,吕双喜主编.—郑州:
郑州大学出版社,2017.1
(小小说美文馆)
ISBN 978-7-5645-3665-7

Ⅰ.①涉… Ⅱ.①马…②吕… Ⅲ.①小小说-小说
集-中国-当代 Ⅳ.①I247.82

中国版本图书馆 CIP 数据核字(2016)第 309211 号

郑州大学出版社出版发行
郑州市大学路 40 号 邮政编码:450052
出版人:张功员 发行部电话:0371-66658405
全国新华书店经销
河南文华印务有限公司印制
开本:710 mm×1 000 mm 1/16
印张:10
字数:146 千字
版次:2017 年 1 月第 1 版 印次:2017 年 1 月第 1 次印刷

书号:ISBN 978-7-5645-3665-7 定价:25.00 元

编委名单

序

杨晓敏

书来到我们手上，就好像我们去了远方。

阅读的神妙之处，在于我们能够经由文字，在现实生活之外，构筑属于自己的精神生活。透过每篇文章，读者看到的不仅是故事与人物，也能读出作者的阅历，触摸一个人的心灵世界。就像恋爱，选择一本书也需要缘分，心性相投至关重要，阅读的过程中，你会发现他与自己的不同，而你非常喜欢，也会发现他与自己的相同，以至十分感动。阅读让我们超越了世俗意义上的羁绊，人生也渐渐丰厚起来。

在这个信息碎片化的网络时代，面对浩若烟海的读物，读者难免无所适从，而阅读选本无疑是一个不错的选择。从《诗经》到《唐诗三百首》再到《唐诗别裁》，从《昭明文选》到"三言二拍"再到《古文观止》，历代学者一直注重编辑诗文选本，千淘万漉，吹沙见金。鲁迅先生说过："凡选本，往往能比所选各家的全集更流行，更有作用。册数不多，而包罗诸作。"为承续前人的优秀传统，我们编选了"小小说美文馆"丛书。

当代中国，在生活节奏加快与高科技发展的影响下，传统的阅读与写作方式发生了深刻的变化，小小说应运而生，成为当下生活中的时尚性文体。作为一种深受社会各界读者青睐的文学读写形式，小小说对于提高全民族的大众的文化水平、审美鉴赏能力，提升整体国民素质，在潜移默化中起到了不可估量的作用。小小说注重思想内涵的深刻和艺术品质的锻造，小中见大、纸短情长，在写作和阅读上从者甚众，无不加速文学（文化）的中产阶级的形成，不断被更大层面的受众吸纳和消化，春雨润物般地为社会进步提供着最活跃的大众智力资本的支持。由此可见，小小说的文化意义大于它的文学意义，教育意义大于它的文化意义，社会意义又大于它的教育意义。

因为小小说文体的简约通脱、雅俗共赏的特征，就决定了它是属于大众文化的范畴。我曾提出，小小说是平民艺术，那是指小小说是大多数人都能阅读(单纯通脱)、大多数人都能参与创作(贴近生活)、大多数人都能从中直接受益(微言大义)的艺术形式。小小说作为一种文体创新,自有其相对规范的字数限定(一千五百字左右)、审美态势(质量精度)和结构特征(小说要素)等艺术规律上的界定。我提出的小小说是平民艺术,除了上述的三种功效和三个基本标准外,着重强调两层意思:一是指小小说应该是一种有较高品位的大众文化,能不断提升读者的审美情趣和认知能力;二是指它在文学造诣上有不可或缺的质量要求。

小小说贴近生活,具有易写易发的优势。因此,大量作品散见于全国数千种报刊中,作者也多来自民间,社会底层的生活使他们的创作左右逢源。一种文体的兴盛繁荣,需要有一批批脍炙人口的经典性作品奠基支撑,需要有一茬茬代表性的作家脱颖而出。所以,仅靠文学期刊,是无法垒砌高标准的巍巍文学大厦的。我们编选"小小说美文馆"丛书,是对人才资源和作品资源进行深加工,是新兴的小小说文体的集大成,意在进一步促进小小说文体自觉走向成熟,集中奉献出思想内容与艺术形式兼优的精品佳构,继而走进书店、走进主流读者的书柜并历久弥新,积淀成独特的文化景观,为小小说的阅读、研究和珍藏,起到推动促进的作用。

编选"小小说美文馆"丛书,我们选择作品的标准是思想内涵、艺术品位和智慧含量的综合体现。所谓思想内涵,是指作者赋予作品的"立意",它反映着作者提出(观察)问题的角度、深度和批判意识,深刻或者平庸,一眼可判高下。艺术品位,是指作品在塑造人物性格,设置故事情节,营造特定环境中,通过语言、文采、技巧的有效使用,所折射出来的创意、情怀和境界。而智慧含量,则属于精密判断后的"临门一脚",是简洁明晰的"临床一刀",解决问题的方法、手段和质量,见此一斑。

好书像一座灯塔,可以使我们在瞬息万变的社会不迷失自己的方向,并能在人生旅途中执着地守护心中的明灯。读书是一种积极的生活情趣,一个对未来的承诺。读书,可以使我们在人事已非的时候,自己的怀中还有一份让人感动的故事情节,静静地荡涤人世的风尘。当岁月像东去的逝水,不再有可供挥霍的青春,我们还有在书海中渐次沉淀和饱经洗练的智慧,当我们拈花微笑,于喧嚣红尘中自在地坐看云起的时候,不经意地挥一挥手,袖间,会有隐隐浮动的书香。

(杨晓敏,河南省作协副主席,郑州小小说文化传媒有限公司董事长、总编辑,《小小说选刊》《百花园》主编。)

目 录

1

长途跋涉的苹果

艾 苓

晚上快十点了,接到梁晓星电话,他刚说了几句,我问:"你喝酒了?"

"老师,你怎么啥都知道?我确实喝了一点儿。"他说,"本来想等母亲节给你打电话,可我实在忍不住了。老师,我很想你。"

停了一会儿,他的声音有些潮湿:"老师,你跟我说的为人处世那些方法很好用,我现在挺好的,领导和同事对我都很好,他们还给我介绍女朋友呢。"

我说:"好,太好了。"

他入学时间不长,曾在写作课上讲述某个夜晚,他在县城读高中,心情特别郁闷,决定夜不归寝。他一个人漫无目的地往郊外走,走啊走,走啊走,堆积在心里的郁闷在夜色中渐渐散去。

他很高很瘦,戴着眼镜,说话的时候看着黑板,旁若无人,好像那些话是说给黑板听的。

看着他的神态,我曾担心:这个诗人气质的寒门学子,会不会遭到同学排斥?

同学们用掌声回应了他的坦诚。

课下闲聊,他说想做家教,他最擅长的是数学,高考考了一百三十多分。

不久,他就找了一份家教。

有篇散文屡屡提到灶糖,我说:"我不知道灶糖什么样,你们有谁知道吗?"

大家都摇头。他站起来说:"我知道,我老家有。"

他老家在渭南乡下,腊月二十三送灶王爷,要供灶糖。灶糖到底长什么样,他描述了半天,我们还是一头雾水。那时候,我们不像现在动不动就用百度搜索。

他说:"下学期我给你们带灶糖。"

第二学期他果然带来灶糖,给我带了两份,一份是富平县特产,一份是小镇特产。我这才知道,绥化也有灶糖,长条形,白色的大块头。快过年的时候有人露天叫卖,直接吆喝"大块糖",名字很简陋。

我说:"我一样留点儿,剩下的你分给同学吧。"

他说:"我已经分给他们了。"

他还说:"老师,这个寒假我特别高兴,解开家里一个大疙瘩。"

疙瘩什么时候有的,他不清楚。寒假里他问父亲:"为啥这些年不跟姑姑家来往?"

父亲说："奶奶在的时候有过节，都是小事，没啥大事。"

他跟父亲说："奶奶不在了，姑姑是咱最亲的人，咋能因为小事儿就不来往呢？"

父亲问："你说咋办？"

他带了点儿东西去姑姑家，跟姑姑说："要是我父母有啥对不住你的地方，我替他们跟你道歉，我是他们的儿子。"

父亲和姑姑都说他长大了，两家和好了。

我说："这件事你做得太好了，好样的。"

他还说，从这个学期开始，他就不管家里要钱了，他要养活自己。两个姐姐在外打工，嫁的也是打工的，都不富裕。父母年纪越来越大，不能再从他们手里拿钱了。

我说："好，支持你。"家里有辆破自行车，我让他推走，啥时候不能骑了，直接卖废品。

他的第一份家教很成功。学生读高三，数学进步很快，考上了理想大学，学生家长还帮他介绍家教。朋友开办的教育机构需要老师，我推荐他过去，他干得也很出色。以前他找家教工作，现在别人找他做家教。忙不过来，他就推荐同学去做。他在那家教育机构兼职很长时间，他说工资不多，但接受培训的机会多，学到很多东西。

他忙着打工，两个暑假都没回家。

"十一"长假期间，突然接到他电话："老师，我在家呢，我家苹果熟了，回去带给你吧。"

我说："太远了，不用了。"

他说："不行，我父母让我一定带给你。"

我强调："那就带三两个吧。"

他带回来的苹果不是三两个，而是一纸箱，怎么也得十几斤吧。苹果个头跟嘎啦果差不多，不像嘎啦果满面红光，只带着淡淡红晕，吃起来不那么

甜,唇齿间却回荡着清香之气。

不用问,我也能推测出这些苹果的一路跋涉。富平县城没有直达西安的火车,这些苹果从家里出发,坐自行车货架到镇上,换去富平的中巴,再换去西安的大巴。从西安到哈尔滨的火车只有一趟,半夜开车,行程三十三个小时零五分,这些苹果和他一样,坐三十多个小时火车硬座,折腾到哈尔滨,还要转来绥化的火车,换公共汽车到学校,再换公共汽车来我家。

这些苹果我家吃了很长时间,来了客人,我也洗好端上。客人问:"这是什么苹果?很特别。"

我说:"渭南的苹果,学生家树上的。"

客人说:"怪不得。"

我儿子读高中,有一段时间非常懈怠。他知道了,交给我两个软皮本,说:"让你儿子看看吧,可能对他有用。"

那是他的大学日记,记录的是一个私密空间。为了唤醒另一个孩子的斗志,他把这个空间敞开了。

2012 年,梁晓星毕业。他曾回陕西找工作,没找到合适的。学校这边推荐他去大兴安岭一家国有企业试试,人家试用一个月,就跟他签了用人合同。同去的校友先后离开,他成为那家企业签下的唯一的本科毕业生。

毕业前夕,我请他到家里吃饭,拿出我的看家本事炒了几个菜。因为是送行,我们都喝了点儿酒。

我传授过为人处世的方法吗?不记得了。

包裹与行囊

艾苓

他课下跟我说："将来找不到工作,我就开个幼儿园,我一定带着孩子们好好玩。"

我说："太好了。"

我有一个儿子,所以特别希望男生投身教师行列,让学生少点儿脂粉气。

我正畅想未来的幼儿园园长如何改变男童面貌,他接着说,上学以后,该洗的衣物他一直打包寄回家,母亲洗完再寄回来。

我摇摇头,不好说什么。

见我摇头,他咧嘴笑,有些不好意思。

他叫王剑平,2005级学生。大一是班长,大二是中文系学生会副主席,大三有望成为学生会主席。大二期末有了新情况。绥化学院尝试实习支教,2007年秋季开学,第一批实习生进驻各县区乡村中小学。我在校园遇到他,他说已经报名,正在接受岗前培训,是去是留还有些犹豫。

我说："换了我,我会下去锻炼,得到的东西肯定更多。"

他下去了,去的地方是望奎县的一所乡中学。这些年,乡村教师队伍老化,有些孩子到城里读书,有些孩子辍学。鼎盛时期,那所中学学生过千,现

在不足五百。校方分派他当初一（3）班的班主任，教三班和四班的语文。

走马上任的第一天，他还在睡梦中就听见窗外叽叽喳喳，抬眼望去，窗户上挤了一堆小脑瓜，他睡意全无。听说从城里来了新老师，天还没大亮，学生就到齐了，近的几里路，远的十几里。从那以后，他每天五点起床，六点半准时进教室。

两个班七十三个学生，一半以上的学生连汉语拼音都不会，他先前准备的授课计划全被打乱。课余时间，他教这些学生汉语拼音，也让基础好的学生帮帮基础差的。一个月后，在五校联合模拟测试中，他带的两个班语文成绩都名列前茅，他还因此获得了校长颁发的三十元奖金。

有一次，他正激情满怀讲流沙河的诗作《理想》，一个男生举手说："老师，我要出外头去。"

他问："为什么？"

学生低下头，不作声。

他接着讲课。

学生再次举手："老师，我要出外头去！"

他问："为什么？你怎么了？"

学生还是不肯说。

课堂被频频打断，他有些不快，正要批评学生几句，下课铃响，那个男生冲出教室。

回到办公室说起此事，同事哈哈大笑，跟他讲，"出外头"是方言，意思是上厕所，他耽误了人家孩子。

他每天也要"出外头"，学校公厕离宿舍挺远。到了冬天，天黑得早，黑灯瞎火，寒风刺骨，这个过程很是艰辛。

乡中学一共去了四个支教生，两男两女。到了做饭时间，你看我，我看你，都有些傻眼。好在用电饭锅焖饭他还会，凭这点功底他当起了厨子，一来二去学会炒菜、煎鱼，成为大厨。

以前，公寓离图书馆只有几百米，他很少去。支教那段时间，乡下离学校百里之遥，每次回乡下，他都要背几本图书馆的藏书。

学生以为他会一直陪着他们，课上读书课下踢球，跟他们告别一定很艰难，很多实习生讲到这里就泪眼婆娑。他没说细节，只是嘱咐学生："不论发生了什么事，你们都要继续读书，一定要读下去。"

实习归来，我没问他收获多少，那应该是一个大大的行囊。我也没问，该洗的衣物是不是还往家里寄，没必要问了。

寂寞在歌唱

夏　阳

那一年,我高考落榜,整天在家无所事事,便上春城投靠我表哥老肥。用我父母的话来说,就是学做生意,寻一条出路。

老肥在春城开旅馆,肥得流油,富得流油。

一江波光潋滟的江水,于春城中穿过。城里人贪恋江色,在江边建了个巨大的滨江广场,有沿江走廊,有休闲长椅,有健身器材,有歌厅酒吧。月挂树梢之际,这里便成了广大市民消遣娱乐的好去处,也是众多网友私下幽会的隐蔽场所。

网友通过互联网相互认识,往往不是太熟络,先是心有灵犀地找个借口坐一块儿,慢慢发展到躲进花草树林里搂搂抱抱。搂抱久了,嘴便啃在一起,两只手也都不安分了。女人立即惊了,起身甩开男人的鸡爪子,愠怒之余,藏着娇嗔,一句"讨厌"让男人如梦初醒。男人明白此地不合时宜,便着急地四下里睃。这时,老肥的生意来了。

夜幕下,老肥"春水流客栈"的霓虹灯分外晃眼。

老肥的旅馆只有钟点房,房间档次不低,却只收四十元,超出两个小时另计费。

"这房价也太便宜了吧? 你赚啥?"我忧心忡忡地问。

"赚啥?"老肥打量了我一眼,嘴撇了撇,说:"你瞧好了!"

这时,一对三十多岁的男女下楼,待女人径自走远后,男人前来退房。老肥瞥了瞥身后的时钟,声音瞌睡般慵懒,说:"一个半小时,四十元,'小雨伞'两把,一百元,一共一百四十元。"

男人的脸上跳了一下,问:"啥叫'小雨伞'?"

老肥四下里瞅了瞅,压低声音说:"'小雨伞'就是安全套,进口的,没见上面明码标着价? 哥们儿你太厉害了吧,这么短的时间,报销了两只,佩服!"

男人笑笑,扔下钱,得意地哼着歌走了。

老肥手里捏着钱,看着我不说话,肥嘟嘟的脸上似笑非笑。我顿时明白了,不由惊叹:"娘哎,太不可思议了! 一只避孕套卖人家五十块钱,你进价多少?"

"一块二!"

我愤怒地跳了起来,说:"你就不怕人家去告你?"

"告个屁,这是老子该赚的钱。小子,这里面水深着呢,你多学着点。"

这时,又有一对男女下楼,待女人径自走远后,男人前来退房。老肥瞥了瞥身后的时钟,声音瞌睡般慵懒,说:"一个半小时,四十元,'小雨伞'两把,一百元,一共一百四十元。"

男人掏出钱包,说:"开张发票,连上次的一起写上。"

老肥一边开发票,一边四下里瞅了瞅,压低声音说:"又换新的了?这个比上次那个水灵呢,大哥,好眼光。"

男人笑笑,扔下钱,得意地哼着歌走了。

我站在一旁傻眼了。我说:"他们蠢啊!你卖这么贵,他们为什么非要用你的'小雨伞'?"

老肥又打量了我一眼,嘴撇了撇,肥嘟嘟的脸上似笑非笑,说:

"男人和女人这码子事儿,要趁热打铁,隔夜了,女人回家一清醒,男人前面的努力就白搭了。所以,男人一番甜言蜜语把女人灌迷糊后,得赶紧来我这里报到。你瞅瞅,这广场周边除了我这儿还有第二家吗?我这是独家买卖,还便宜。他们进房后,男人得继续下点儿功夫,哄得女人心花怒放。女人半推半就之余,会不放心地盯着男人问干不干净,怀孕了咋办。此时,我摆在床头的'小雨伞'就排上了用场,既解了男人的围,又宽了女人的心。男人哪有心思去注意上面的价格。再说了,就是注意了,又能咋的?总不能在女人脱了裤子后非常丢面子地说,这里的套套太贵了,你耐心等等,我出去买一个。男人只能吃哑巴亏。

"你说啥?他们自己准备套子?切,他们就是准备了,也不敢往外掏呀。你想,男人掏出套子,女人会怎么看?原来这是个花心少爷,随身备着套子玩女人。同样的道理,女人即使包里有套子,也不会傻到贡献出来。否则男人会想,妈的,刚才还装良家妇女,原来折腾了半天,是这么个货色。至于你说告我,哈哈,偷情的事儿,谁敢去告!老子没告他们就算是积德……"

一盏豪华的吊灯下,老肥嘟哝着个肥嘴,像他身后时钟上的秒针永不疲倦地跳动着。我顿时如醍醐灌顶,感觉一下子胜读十年书,脑袋唰地开窍了。

两个月后,在旅馆的管理和运作方面,我算是勉强毕业了。我和老肥商定合伙去城西春山脚下开一家分店,由我来负责打理。商定好了,我便回老家凑钱。

半个月后,钱凑得差不多了,我正准备启程上春城,突然接到老肥的电话。老肥说:"你先别来了,我这儿出了人命,被查封了。"

我吃惊地问:"好好的,怎么会出人命?"

老肥在电话那头恶狠狠地骂道:"都是那两个山牯佬害的!前几天,一对山里来的年轻人来开房。你猜怎么的,他们两人服毒自杀了。警方一调查,才知道这对山里人在家自由恋爱,遭到父母的强烈反对,于是私奔到了春城,在我这里双双殉情了。"

"啊?"

"更离谱的是,他们死时衣服整整齐齐,女方还是个黄花闺女!"

我不由惊叹:"娘哎,太不可思议了!"

漂 白

夏 阳

当苏苏再一次见到男人时,便明白这是一只吃腥的猫儿。

男人却很坦然，捉住苏苏葱一样白嫩的手，笑道："不吃腥的猫还叫猫吗？看见靓女不心动不行动还是男人吗？"

苏苏的脸唰地一下红了，轻轻抽开男人不安分的手，低声问："先生泡脚用盐还是用中药粉？"

苏苏不得不承认，她对男人的轻佻不是特别反感，甚至还有些受用。她的心头或多或少有种甜蜜的感觉轻轻漾过，否则她不会无缘无故地叹口气。苏苏的叹气很轻，像蚊子轻吟了一声，却被男人敏锐地捕捉到了。

于是一个洗脚妹和小工厂老板的风花雪月开始了。

我一直在极力克制着自己的愤怒，用一种近乎平常的语调来讲述这个关于我妹妹失身的故事。故事很老套，平淡无奇，但降临在哪一个家庭的头上，都是一种难以言说的伤和痛。当苏苏挺着个隆起的肚子回到家时，我那远还没有白发苍苍的父母沉默寡言，理智地接过她所带回来的大包小包，还有她肚子里的孩子。

母亲蹲在灶前拉着风箱，一边往炉灶里添加柴火，一边偷偷抹着泪。父亲则坐在门槛上，吸着纸烟，对着开阔的赣江水面发呆，留给屋里的人一个蜷缩的背影。偶尔，他会望一眼苏苏的肚子，转而唉声叹气。那一刻，寒春冰冷的光和影，在这个江边小村的屋顶上无声地交替着。

其实，类似的故事，在繁华的都市里，每天都在频繁地上演着，马不停蹄，前赴后继。一个曾经榨取过我血汗的当地老板，镶着金牙，开着宝马，每天无所事事时，就喜欢去工业区里转悠。他个人最好的成绩是用一盘三块钱的炒粉搞定了一朵厂花。苏苏也是这样，正值春心萌动，一个人身处陌生的异地城市，无人关心无人问，像我们江堤上一朵寂寞的芍药，开放在大都市某间洗脚房的暗处。

我承认，我对此事件做这样深层次的剖析，确实太过冷静了，冷静到近乎残忍，好像苏苏不是我的妹妹。苏苏告诉我，那个男人比我父亲小不了多少。我捏了捏拳头，半天又松开，叹口气问："你打算咋办？"

苏苏说:"我也不知道。"

我口气坚决地说:"打掉!把孩子打掉,重新开始吧。"

后半句,我为了缓和气氛,语气变得柔和起来。

苏苏怔怔地看着门外。门外,孕育了一个冬天的赣江,在早春二月开始涨水了。

"我打算生下来。"苏苏声细如蚊,却异常坚定。

我望着从小一起长大的亲妹妹,嘴张了张,泪无声地流淌下来。

苏苏的嘴角却挂着一丝冷笑。

赣江的水在涨,动静越来越大,就像苏苏的肚子。苏苏的妊娠反应很剧烈,吃什么呕什么,呕出一摊又一摊黄水。呕了半天,便蹲在墙角落里虾着腰,如一只软体动物,一动也不动。

父亲永远沉默着,像一块石头。父亲忧郁地看了看苏苏,邀上我扛着小筏子出去"漂白"多春鲫。

那是一个月光很好的夜晚,我和父亲虔诚地跪在沙滩上,在船舷两侧涂上白漆。然后,我们开始在波光粼粼的江面上"漂白",我在船尾操桨,父亲在船头击鼓。鼓声激越里,小筏子像一道白光急急掠过,多春鲫就噼噼啪啪欢快地蹦入船中。

这种捉鱼的方法,在我们老家叫作"漂白"。多春鲫之所以会乖乖地投怀送抱,是因为时值鱼儿怀春的季节,在激情的鼓声、月光以及船舷白光的蛊惑之下,难以自持的多春鲫,在尽情地燃烧自己。

我和父亲在江面上跑了三趟后,母亲把一碗乳白色的鱼汤端在苏苏的面前:"喝吧,喝了就不会再吐了。"

苏苏用筷子夹起一条丰满酥嫩的多春鲫,轻轻咬开,牙齿碰触的全是晶莹剔透的鱼子。那一刻,她终于哭了。

收割机

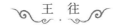
王 往

收割机是田野上的坦克。

麦子黄了,收割机来了。它从乡村公路驶向田头,因为体型巨大,它的步伐显得慢条斯理。但是并不急人,人们从它的气派上看出了它的胸有成竹,看出了它百战百胜的信心。

机主到了田头,就被人们围住了。他们通常是两三个一组,一个坐在驾驶室里,另两个一人拿着卷尺,一人拿着账本。人们与他们讨价还价。这个过程是很短的,一是有周围村镇的价格做参考,二是人们实在不愿多耽误时间,要知道麦收时节天气变化快,若因为小事争执误了收割,那实在得不偿失。

谈好了价格,量了田亩,收割机就启动了。

最先收割的那一家人总是笑得最开心。对于农民来说,到手的粮食才是粮食,装到口袋的粮食才叫安全。要知道一场大风,一场大雨,随时可以将你的劳动化为泡影。农业的风险最大,它的成本里隐藏着不确定的风霜雨雪,隐藏着日日夜夜的焦虑。

但是现在不用怕了,收割机进田了,它将以自己的身手,给汗水一个满意的答案。

　　它将麦田当作战场,飞速旋转的拨禾轮将麦秸纷纷拨向切割器,人们看不见麦穗是如何送进脱粒槽的,出草口已经飞出了绞断的麦秸,它的身后是一片整齐的麦茬。

　　是的,它是田野上的坦克。只几个来回,已经有一大片空白说出了它骄人的战绩。麦粒从它的储存仓里流向了口袋,仿佛揭开了一个谜底。农人舒畅的笑声里,它不动声色,沉稳,霸气,让将要收割的下一家人信心满怀。

　　人们赞叹着:"真快! 还是收割机好!"

　　人们感慨着:"用镰刀那个累哟! 花几个钱值!"

　　仅仅是花几个钱的事吗? 在我看来,这是农业的新生。想想吧,从公元前2世纪开始铁器的使用,直到19世纪初第一台收割机在美国出现,人类发展的步伐何其缓慢。而我的家乡苏北平原一直到20世纪80年代末才普遍用上收割机,落后了将近二百年。再往深处想想,我老家所在的乡镇位于"青莲岗文化遗址",先民们六千五百年前就在那里生活。对于我们,结束镰刀收割的历史还不到四十年!

　　我不禁要说说镰刀的话题。作为一个在乡村长大的人,我和先辈一样无数次使用过镰刀,无数次收割过庄稼,体会了腰酸背痛,体会了烈日苦雨,"世事不复论,悲歌和樵叟"。我无数次向往着收割机、播种机、插秧机……

　　当我从事编辑和写作生活后,接触到大量的关于农具的文章,特别是在诗歌和散文中,对镰刀、犁铧之类农具的讴歌滔滔不绝,铺天盖地。然而,以我的乡村生活经验看来,大多是用华美的词汇进行空洞的抒情,仿佛南北朝时期的骈文,绮丽而浮夸。我猜想,也许作者认为镰刀、犁铧之类的意象更有古老农业的诗性光芒,借助它们可以表达对乡村生活的眷念。可是,他们为什么不想想这些用了几千年的农具是多么落后,镰刀收割了庄稼也收割了祖祖辈辈弯曲的身躯! 人们使用利刃也活在利刃之上!

　　难道作为机械的收割机不可以划入农具的范畴? 我们为什么不去写收割机,写一写这先进的农具,写一写这驶向田野的"坦克"? 我觉得镰刀是古老农业史诗中的小令,而收割机则吹响了现代农业的长调。镰刀的吟唱难掩悲情,收割机的欢歌才是人们期盼的喜乐。

写到这里,我想起了一个与收割机有关的小事。

有一年,河南人老粟开着收割机来到我们村里,收完了大田各家的麦子,发现陈奶奶握着镰刀走向大田外的一小块麦子。老粟问陈奶奶:"你家旁人呢?怎么不叫我的收割机?"

陈奶奶说她儿子媳妇都在外做生意,十年前就把农田转包给别人了,那一小块田是她自己开荒开出来的,和大田隔着一条水沟,收割机过不去,从来都是用镰刀收割的。

老粟跟着陈奶奶去那块小田一看,果然是隔着一条水沟。老粟就向别人借了铁锹,挖土填沟。这时,和老粟合本买收割机的老粟的堂弟过来了,对老粟说:"你这不是没事找事干吗,这点田能挣几个钱,赶紧到下一村找生意去。"

老粟说:"我不想挣她什么钱,我就让她也享享用收割机的福。"

堂弟说:"你在这填沟吧,我开机走了。"

老粟冷下脸来,走近堂弟,低声说:"机子是你一个人的?就这么点好事也不愿意做,不怕人家说我们不地道?"

堂弟没办法,也向人借了铁锹,跟老粟一起挖土填沟。

老粟的收割机开进了陈奶奶的麦田,陈奶奶的脸笑得都红润起来:"啧啧,我的麦子也用上了收割机。"

第二年,我们村一下子涌进了外地五六台收割机,其中也包括河南人老粟和他堂弟的机子,一下子有点供过于求了。

机主们纷纷使出招数抢生意。但是,老粟接的活儿最多。

堂弟笑眯眯对他说:"今年那个老奶奶的麦子我们还帮她收。"

老粟说:"那当然,到时候你跟我一起去把沟填上。"

罗大哥

巩高峰

　　那是我的第一份工作,在上海培训半年后被外派到福州。在分公司的欢迎晚宴上,我被一位姓罗的同事镇住了。他干净利索的儒雅气质贯穿全场:一句玩笑打消了我初到陌生地方的拘谨,在端着领导范儿的经理面前他没有一丝谄媚,对嬉皮碎嘴的司机他没有一点儿厌恶。总之,他面面俱到地调和了一顿各得其所的晚宴,领导很满意,同事很尽兴。

　　私下聊天时,我叫他罗大哥。我不知道罗大哥的这种游刃有余我以后能不能做到,但我希望可以。刚入职场,身边就有个好的模仿对象,我觉得是一件幸事,特别在我只凭一时冲动跑到陌生城市,正茫然四顾的状态下。

　　我学着让自己的发型、语气、肢体动作都像他那样舒服,碰到打折的衬衫我会买一件和他一样的,还模仿他点菜时丰俭由人并照顾所有人的口味,甚至对于他和服务员调笑以便得到快一点儿上菜的机会,我都暗记于心。

　　我把自己想象成一块海绵,想要尽快吸收一切。

　　我报的培训班的课越缺越多——因为下班后的时间都耗在了牌桌上。我不觉得这些算什么问题,相比我的内向、自卑、敏感、轻度人际交往障碍,罗大哥几乎没有缺点,即使严苛地挑毛病,也不过就是工作上进心不强。可是业绩马马虎虎过得去不就行了吗?

"人生不过几十年,享受远比拼命有姿态。"罗大哥这句话深得我心,所以我觉得和几个同事翘班去海边吃海鲜很嗨皮。对酒当歌、人生几何是一种境界,二十岁出头就能品尝,对我而言就是走了狗屎运。

离目标越近,被光芒笼罩得越严实。所以当罗大哥和同事抱怨公司庙小、领导脸难看时,我义愤填膺地帮腔。我和罗大哥的想法、感觉很一致,觉得他做销售太过屈才,他应该有更大的天地,一份更体面的事业。所以在业绩持续落后、售后敷衍塞责等问题相继爆发时,罗大哥很潇洒地辞职了。

罗大哥收拾好东西走的那天,我把写好的辞职报告给他看,告诉他我准备声援他。罗大哥像兄弟一样跟我干了三杯酒,并向我展示了他接下来的打算:开一家闽粤风格的酒店,启动资金他已经筹到,就差选址、选人。

正当我带着憧憬和兴奋准备辞职时,经理说:"你们不一样——年龄、背景、未来,都不一样,你最好再考虑一下。"

我这才如梦初醒,是啊,我们没有对比过,罗大哥土生土长,三十四岁,结婚六年,女儿四岁,有房子两套(一住一租),车一辆作为代步。我离开家乡,二十三岁,单身,租房子一间,有旧自行车一辆。

我突然怔在那里。我从来没认真想过,我出来打拼为了什么,我二十三岁的人生应该什么样。我的青春、未来和三十四岁时的人生在哪里?

我觉得找一个目标来模仿没有错,因为我希望尽快找到通往这个世界的捷径,可时间似乎错了。在好多年后的前方,我难道希望看到一个没有棱角、圆滑世故的自己吗?我其实从没打算成为一个滴水不漏、面面俱到的人。

没多久,我还是辞职了。这次没冲动,我跟自己谈好了。我不知道三十四岁时我会不会儒雅得人见人爱,可我确定二十三岁的我不想过成"罗小哥"。离开福州之前,我参加了罗大哥的酒店开业仪式,婉拒了他"你应该来帮我,三年的收入够你在福州买房子的首付"的建议。

这些年,我不时收到罗大哥的消息,开始是他的酒店准备连锁,后来是餐饮业不景气关张了,他又开了一个茶社,没多久也关了,然后做血燕燕窝的生意……最新的消息是他开了一个淘宝店卖饰品,让我帮忙拍下六个,好积累好评尽快上钻。

回想这些年,有时很累,有时挺难,但好在我没后悔,也不沮丧。辗转了两三个城市,我一直在离开和到来之间动荡,后来竟然在最不适合生活的北京安顿下来。但庆幸的是,每一步都是我想走的。我依旧内向而敏感,人际交往仍然有问题,反正离干净利索的儒雅还早,距圆滑世故永远有距离,但没人再笼罩过我,我也没覆盖过别人,因为每个人都只能成为他自己。

蜀葵的夏天

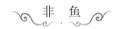

非 鱼

蜀葵是一个女子。

蜀葵在夏天喜欢踩着人字拖,背宽大的单肩背包,穿纯棉或亚麻的衣裙,还喜欢把长长的头发披散着,把一张干净的脸遮挡得只剩下窄窄的一溜儿。

蜀葵不爱说话,路上碰到认识的人,她嘴角轻轻一扬,算是打过招呼。很多时候,蜀葵眼皮低垂,看着脚步的前方,或者落叶,或者爬虫,或者什么也不看。独来独往的日子久了,她变得像墙外的一棵树,被隔离在归属地之外,孤傲地活着。

工作之内,蜀葵是个护士,眼科住院部的护士。工作之外,没有人知道蜀葵在做些什么。

医院里年轻的男医生很多,喜欢蜀葵的也有,试探过几次,没有得到回响,便打了退堂鼓,另行开张了。

夏天来临时,蜀葵在病房里看到了他。他是打篮球时撞了眼睛,左眼视网膜脱落。刚做完手术,医嘱要趴着,让眼睛和地面垂直。这实在太难为他了,白天还好说,他可以坐在床前,用一个靠垫抵住前额,安静地趴一会儿,可一到晚上,瞌睡来了,他就想仰面躺着。

蜀葵来查房，看见他仰面躺着，就生气。蜀葵生气也不喊不嚷，而是叹口气，走到他的床边，轻声说："不趴着眼睛什么时候能好呢？"

"趴。"他翻过身来，痛苦地趴着，毫无办法地趴着。

蜀葵值班的时候，最主要的工作就是给做过手术和即将做手术的病人点眼药水，轻轻扯起上眼睑，把药水准确地滴进去。住院时间长了，很多病人自己都可以滴眼药水，他不行，要么把药水滴到脸上，要么伸手就想拉下眼睑，他的眼药水只好由护士来完成。

蜀葵给他滴眼药水的时候，他总是用另一只好眼睛盯着她的脸，连滴后摁压也要她帮他。这带点撒娇意味的请求，蜀葵可以拒绝，但她还是笑笑，帮他摁压着眼角。

长时间趴着，他的眼睛严重变形，连那只好眼睛也肿起很高，如同两只即将成熟的桃子。对着墙上的镜子，他大呼小叫，哇呀呀踩了蛇一样。蜀葵跑进来，看到他不过是在照镜子，不过对自己的眼睛吃惊。她在他背后说："这是暂时的，慢慢就好了。"

他转过身，抓住她窄小的肩膀："会好吗？要不我就惨了，毁容了。"

蜀葵点点头："当然会好。"

回到护士值班室，蜀葵觉得肩膀疼，被他用力抓过的酸疼。

他的眼睛一天天好起来，和蜀葵聊天的时间也一天天多起来。没事的时候，他趴在护士站的台子上，看蜀葵核对医嘱，然后去发药、量体温。跟着蜀葵回到病房，他老老实实躺着，看蜀葵在他身边忙来忙去。

病房人少的时候，他告诉蜀葵："你很特别，我有点儿喜欢你了。"

蜀葵装作生气，不搭理他。再来，他还说。次数多了，蜀葵的心思就活泛了：真的是这样吗？从没有人这样直接地告诉过她，她不知道是该相信他的话还是只当一个玩笑。

犹疑之间，他要出院了。蜀葵当班，给他办理出院手续。蜀葵久久地盯着出院单上的名字，郝一，多简单啊。他依旧趴在护士站的台子上，手里是送给蜀葵的礼物——一个茶杯。他说:既然没有希望,那就留点念想。

郝一走了。白的茶杯印着一朵紫红的大丽花,杯子里泡着绿茶,这样强烈的色彩对比,让蜀葵觉得难过。

小城的夏天很短暂,几场雨后,就是长长的秋天。蜀葵最喜欢秋天,天高云淡之下,是大块大块的金黄、橙黄、褐黄,让人迷醉。蜀葵努力让自己忘记那个叫郝一的病号,毕竟铁打的医院流水的病人,她每天都会遇到很多痛苦中的人,无法辨别物体和颜色的人。

偶尔的回忆里,蜀葵会想到郝一说过的话,还有他有些天真的表情。想起一次,蜀葵的心里就有一次隐隐的快乐和忧伤。毕竟,说喜欢她的人太少了。曾经的那些医生们,他们太隐晦了,总不能像面对病人那样直截了当。他们不知道,蜀葵的孤傲之下,是真的胆怯,不能确认,也不敢确认。她需要有人明白地告诉她,来指引她如何去做。

短暂的空闲里,蜀葵会端一杯热茶,站在窗前,看秋雨缠绵,看黄叶如蝶飞舞。天渐渐有些冷了,蜀葵想,也许,可以给郝一打个电话,问问他的眼睛。

初恋时不懂爱情

崔 立

我出了一趟差。

回来后，小魏跑来汇报，说："处长，咱处里新安排进了五个试用工，资料我带来了，要不您给看看？"

我点点头，说："行吧，一会儿我得空了看。"

出差一周积累的活儿，都摆在我案头，山一样的高。临下班时，我打开了那五个试用工的资料，一个，两个，三个，翻到第四个时，先看资料，前半部分有些熟悉，再看名字和照片，我愣了一下。上面的人叫白洁，我的初恋女友。

那之后的一天，在单位的走廊里，我碰到了白洁。虽然知道她也在这里上班，但猛一见面，还是有些让人猝不及防。

倒是白洁挺自然，朝我微微一笑，毕恭毕敬地叫了声："曹处长好。"

我忙摆手，小声说："能不这么叫吗？"

白洁调皮一笑，说："那叫您什么呢，曹处长？"

那调皮可爱的神情，似乎又让我回到了从前的那些美好时光。不过，一晃也过去十几年了。我看了白洁一眼，她似乎更漂亮，也更有风韵了，和从前的她相比，真是各有特色。

我说:"一会儿,你来我办公室一下吧。"

话一出口,才觉得有些唐突。其实,我的想法是叙旧。白洁朝我微微一笑,一点头,走了。

一小时后,白洁果真来了我办公室。我看着办公桌对面的沙发,一抬手,我说:"白洁,坐吧。"

白洁就在沙发前坐了下来。

我说:"这些年,你还好吗?"

白洁摇摇头,说:"不好。"

我说:"怎么不好了?"

白洁说:"不好就是不好。"

然后,白洁就不说话了,只是一直拿眼看我。气氛有些沉闷,也有些尴尬。我看了白洁一眼,赶紧又挪开了眼睛。我有些不明白,自己这是怎么了,竟像孩子般羞涩。

白洁似乎也看到了这一点,就笑了,说:"看来,你还是和以前一样,有贼心没贼胆。"

我苦笑，真不知该说什么了。桌子上的电话，突然急骤地响起，像是催命一般。不过倒是也解了我当时的窘况。我想去接，又看了白洁一眼。

白洁有些明白了，赶紧站起了身，说："那我先走了。"

我点点头，看着白洁的背影，接起了电话。在门关起的瞬间，我轻轻擦拭了一下额头的汗。

电话打完了，看着紧闭的门，我坐在那里，不由心潮澎湃。那时读高中，我喜欢白洁，喜欢对着她说话，喜欢对着她笑，喜欢所有她喜欢的一切。但我胆小，有一次我的手不小心地碰触到了她的手。我就发觉自己的脸莫名地发烫起来。我还看见，白洁正看着我发烫的脸……

后来的日子，有过好几次，我和白洁都会在单位面对面碰到。每次白洁见到我，都会毕恭毕敬地道一声："曹处长好。"我也像对其他同事一般，点点头，说："你好。"当然，白洁还是未改她的调皮本色，在和我擦肩而过时，她的脸上，会跳出一个调皮的笑，或是努一下嘴。而我，连我自己都无法理解，我的内心是怎么想的。我总是一副很严肃的表情，再以一个很严肃的姿态离开。但我总觉得内心有一团火，一团莫名的火。

那天上午，小魏敲门进来，说："处长，您对那五个试用工印象如何？"

我说："怎么了？"

小魏说："三个月试用期马上要满了，他们中只能留下一个人，您看留哪一个？"

我点点头，说："我知道了。"

小魏走了出去。我拿出了五个人的资料。看了一眼，其实就看了白洁的资料一眼，我的心里就有答案了。

中午，白洁给我打了个电话，说："晚上有空吗？"

这次，白洁没叫我曹处长。

我想了想，说："好像没什么安排，有事吗？"

白洁说："我想请你吃饭。"

　　我的脑子里顿时想到了那五个人的资料,想来,既然我准备要留下白洁,她要请我吃顿饭,也是应该的吧。我说:"没问题,时间和地点呢?"

　　白洁说:"我一会儿给你短信吧。"

　　我说:"好。"

　　为了晚上赴约,我还特地给老婆打了个电话,说:"晚上有个活动,稍晚点儿回。"

　　老婆什么也没问,只说了声:"好。"老婆对我一向都是很放心的。

　　下午两点多时,我收到了白洁的短信:"六点,喜来宾馆211号房间。"

　　看着短信,我愣住了。心头的那团火,莫名地燃烧了起来。我不明白,自己这是怎么了,自从这次见到白洁后,我发现我一向平稳的心开始晃荡了。这不就是我所求的吗? 我脑子里一阵发热。我开了窗,看着窗外来来去去的人,还有那片蔚蓝的天空。

　　不,这并不是我想要的。

　　我跑进卫生间,把头沉进了水里。出来时,我拨通了小魏的分机,说:"你来一下。"

　　小魏跑进来,看见满头满脸是水的我,吓了一跳。我很轻松地一笑,递给他一个人的资料。那个人不是白洁。小魏还愣愣地站在那里。

　　我说:"还有事吗?"

　　小魏忙不迭地摇头,说:"没有了。"

　　然后,小魏慌里慌张地跑了出去。

　　门关上了,我拨了个电话,说:"老婆,活动取消了,今晚我准时回家。"

　　最后,我又发出条短信:"抱歉,临时有个事儿,就不来了。"

　　短信晃晃悠悠地发了出去,屏幕上跳出了三个字:"已发送!"

等待一个人

崔　立

小的时候,常常看到母亲发呆。她一个人呆呆地坐在门口,两眼对着门外,眼中却是一片茫然;或者坐在沙发前,电视机开着,一看就是半天。

问她看了什么,母亲摇摇头,反问我:"你说什么?"

上了学。我背着书包蹦蹦跳跳地跑回家,问母亲:"我是不是也有爸爸啊?"

母亲看我一眼,说:"是。"

我说:"那我爸爸呢。"

母亲点点头,说:"是啊,你爸爸呢?"

我愣愣地看着母亲,母亲有些察觉了,朝我苦苦一笑,说:"你爸爸去了外面,他会回来的。"

母亲的话,像是在和我说,又像是在和自己说。母亲的眼神,不由自主地朝着南面看去。我家的屋子,也是朝南的。我还是没听懂母亲说的话,但看着她痴痴呆呆的神情,知道也问不出什么了。我一努嘴,走了。

再到学校,有同学问我:"你爸爸呢?"

我说:"我爸爸在外面呢。"

那同学大声说:"你瞎讲!"

我比他还大声："我没瞎讲,不信你去问我妈!"

那同学喊："你妈是大骗子,你是小骗子!"

他的话没说完,我就一头撞倒了他。然后我们俩就扭打在了一起。在旁边围观的那些同学,都有些看呆了,谁都无法料到我这样一个柔弱的女孩子竟然敢和一个壮实的大男孩打架,并且丝毫不落下风。

母亲被老师叫到了学校。我低着头,站在老师办公室的一角,母亲也低着头,站在老师办公桌的前面。老师在给母亲述说今天发生的事儿,一字一句,一板一眼,母亲静静地听着。

我还听见老师在问母亲："好像从没看见李晓婉的父亲啊?"

李晓婉是我的名字。

母亲"哦"了一下,说："你说她父亲啊,是这样的,多年之前,她父亲就去了外地……"

母亲不停地在给老师解释,絮絮叨叨,啰啰嗦嗦地讲了一大堆。也许是讲得时间太长了些吧,我看到老师在不停地翻看着自己的手表,间或,老师还皱了下眉头。

最后,老师似乎是有些克制不住,站了起来,并且打断了母亲的话,说:

"李晓婉妈妈,我知道了,她爸爸是去了外地,你放心回去吧。"

母亲很满意地点着头,脸上像是盛开了一朵花儿,牵着我的手,大摇大摆地走出了办公室。

再有同学说起我有没爸爸时,我就很理直气壮地告诉他们:"我有爸爸,我爸爸去了外地。"

然后,我再一撇嘴:"不信,你们问老师去!"

没人会去问老师,谁会为那么一个小事去问老师呢。

后来,我就长大了,我一直没看到我爸爸,我几乎已经忘记了爸爸这个称呼。我的眼中有了另一个男人的影子,他叫朱自豪,是我的大学同学。很帅。我觉得。

我把朱自豪带回家,带给母亲看。在母亲进厨房洗碗的时候,我也悄悄钻进了厨房,附在母亲耳边,问她:"妈妈,你说他帅吗?"

母亲回过头,朝我微微一笑,说:"帅,很帅,帅极了,帅呆了。好不好?"

我笑了,一脸微笑地走出了厨房,满是柔情地站在了朱自豪身边。

当有了爱情,其他的一切都成了次要。我和朱自豪很快就住在了一起,一起上班,一起下班,一起看星星月亮,一起等待日出日落。

那一天,朱自豪和老板大吵了一架,回到住处时,心情很差。那个晚上,朱自豪喝了好多的酒,喝完就抱住我又哭又笑的。我摸着他的头,说着那些安慰的话。不知折腾到了什么时候,我们都睡着了。醒来时,我看到一堆空酒瓶,桌子上,是朱自豪留下的一封短信,说:"小婉,当你看到这封信时,我已离开了这个城市,我要出去赚大钱,我会给你一个无忧无虑的未来。等我!爱你的自豪。"

带着这封信,我回到了母亲那里。我摸着肚子,站在母亲常常站的门口,目不转睛地对着南面看。我忘了告诉朱自豪,其实我已有了他的孩子。

母亲看着我。我看着母亲。

我早已读懂了这些年的母亲。

舞　台

袁省梅

很长时间以来，王少宏都坚信自己能成为声名卓著的二胡演奏家。他可是正儿八经的音乐学院毕业，加上天赋，加上勤奋，还有童子功,他说:"除了舞台,还缺什么呢?"

可是,没人给他舞台。当他不拉二胡的时候,他就这样发问,一遍,又一遍。当然,也不问别人。问谁呢? 问谁谁听呢? 他只问老婆孙兰。

他抱怨父亲,抱怨孙兰。他说要是当初不回到这个鬼地方就好了。小县城,有多少人懂音乐,有多少人懂他的二胡呢?

王少宏毕业那年，已经分配到了省城大剧院，可是，父亲不答应。父亲拍电报，打电话，又撺到省城要他回去。父亲说："你哥没了，你嫂子嫁了，留下三个孩子，还有我和你妈你奶，谁养？"

就这样，王少宏到小县城的小学做了一名音乐老师。他没有想到，就是小学老师，要做好也不容易。校长从心里不喜欢他。谁让他的学历太高，人又孤傲呢？学校里所有的演出，他都不想参加，他给学生排练的节目也上不了舞台。去联校、去县里电视台演出，就更没有他的戏了。

每次他问老婆为什么时，孙兰都是静静地听着，不说话。他也不等老婆说话，就去拉二胡了。孙兰听着他沉重的二胡声，就发出一声叹息。

小城有人带着孩子请王少宏教二胡。小城已有好几家二胡培训班。王少宏想都没想，就拒绝了。给小孩子做启蒙老师？他不屑。一个华丽、高大的舞台一直在他的心里矗立着。过一段时间，他就往北京跑，参加那里的比赛，或者与同道者聚会。王少宏一直相信北京会有他一个舞台。钱花了不少，可王少宏也没拿回一个奖杯。

孙兰说："他们不懂。"

王少宏勾着头，好久才说："他们说得对，我的演奏中缺了最重要的东西。"

孙兰说："怎么会呢。"

王少宏摇摇头，说："你不懂。"

孙兰脸上暗了一层，心说："我怎么不懂呢？听你的二胡十多年了，也听你在家放的碟片十多年了。"孙兰知道王少宏的二胡里，多了几分浮躁之气，少了纯净之感，好好的曲子，也是急慌慌得如擦过水上的石片，滑出几道涟漪，就没了。可孙兰从没说给王少宏。

看着王少宏不开心，孙兰有什么办法呢？她不过是一名小学老师。她能做的，就是把观众这一角色扮演得加倍合格。孙兰在逼仄的阳台上砌了个小小的台，高出地面半尺，椭圆形，还给周围挂了一层白的纱帘。风吹过，纱帘窸窸窣窣地轻轻晃,是有点儿舞台的感觉了。

孙兰把王少宏用过的二胡,一溜排的,都挂在"舞台"的墙上。孙兰叫王少宏坐到"舞台"上拉。王少宏开始不愿意,骂孙兰瞎折腾。况且,王少宏除了给学生上课时拉拉二胡,平日里,他已经很少拉了。说到底,还是心里别扭。孙兰却总是催他拉。孙兰给他买好烟好酒,给他说好话。

孙兰说:"你就是我的二胡演奏家,我要做你一生的听者。"孙兰不说自己是观众,或者粉丝什么的。王少宏喜欢"听者"这个称号,当然,更喜欢孙兰这样看重他。他就坐到他的"舞台"上,给他唯一的"听者"拉起了二胡。

孙兰说:"不管什么曲子,你都处理得那么好,那么精妙绝伦。"

孙兰说:"美妙的旋律在弓子的拉拉推推中,出神入化,滑着美丽的弧线,流淌,像云在飘,像风在扬,像花在开。"

孙兰说:"如果在处理时再加上一点儿情绪,心无旁骛,人琴合一,琴曲合一,就更好了。"

听着听着,王少宏愣了。他没想到,孙兰,一个小学语文老师,能听懂他的二胡。王少宏抱着孙兰说:"周末了,我们去黄河边,我给你拉《江河水》,水边拉琴,有水的滋润,又有辽阔天地的回旋,是再好不过的舞台了。"

孙兰说:"改天吧,一会儿有几个学生来补课。"

王少宏生气了。王少宏说:"你这是干吗?家里就缺你这点钱?无趣,庸俗。"

孙兰倒不生气。孙兰说:"爸的滑膜炎又犯了,医生说最好做手术……还有大侄子的婚事,小侄子的学费……"

王少宏不说话了。过了好久,王少宏说:"我也带学生吧。"

孙兰不同意。孙兰说:"你得潜心研习你的二胡,你的舞台不在这里。"

王少宏咬着唇,好半天,指着阳台的舞台,说:"够了,有它,我觉得,挺好。"

活吃黄鱼

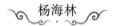

杨海林

刘得友是清江浦的大厨。他家在火星庙后的一个小巷子里，满打满算也就两间房，好一点的，留给瞎眼的老娘住，孬一点的是他自己住的一间披屋——就是搭正屋的一面墙，做个小屋。

这样的房子肯定开不了饭馆，虽然有别的饭馆邀请他去掌勺，可是呢，他懒得去。他就在自己的披屋里看闲书。

清江浦那时有送厨子的习俗，厨子若做得一手好菜，你又想巴结哪个人，你就可以包下这个厨子几天时间，让他专门去给你要巴结的人做几桌好菜——这个，可比送金银古玩还受欢迎。

刘得友，就是这样卖时间的一个厨师。

他有一个"活吃黄鱼"的绝活：一条烹炸过的黄鱼能在盘子里活泼乱动，吃得只剩下一个鱼泡泡的时候，刘得友会在盆子上盖一个玻璃罩，要不然，完整的鱼骨架还会"扑"地翻一个身，把满盘的汤汁溅人一身。

清江浦，那是个拿银子打水漂玩儿的地方，住着盐商和河道呢。盐商们不怕花钱，就怕找不到乐子。河道呢，找到乐子就不怕花钱。

刘得友，就靠这手绝活儿在清江浦风光了半辈子。

很多人打听刘得友做这道菜的方法，刘得友总是笑："那不过是小玩意儿,若有心思,你们还是尝尝我烧的黄鱼吧。"

　　刘得友的黄鱼烧得不错,可是没人说他的黄鱼做得好,大家的兴趣都集中在那条烹炸过的黄鱼怎么在盘子里扑腾上了。

　　"活吃黄鱼"是每一台宴席的最后一道菜,刘得友总是随手拿着他的玻璃罩在旁边等着,一旦食客吃完鱼,他就会叹一口气,盖好那只鱼盘,扬长而去。

　　有时候,厨师们也会扮成食客,他们是奔着"活吃黄鱼"去的,研究半天,也不知道这个刘得友是怎么做出这道菜的。

　　刘得友凭着他的这道"活吃黄鱼"赚了不少银子,披屋不住了,跑到花街上盘下了一个很大的饭馆。饭馆盘下来,他就成了老板。有的菜,可以让手下的厨子对付了,可是做"活吃黄鱼",他还得亲自上。

　　他很看重他做黄鱼的手艺。他做这道菜,要厨房里的所有人回避,但你是看小说的,和他没有利害冲突,所以你不妨看看他的所有操作过程。

　　捏开鱼嘴,他会把一个柳叶样的绞刀插过去,取出内脏。

　　这些都没什么可以作为绝技秘不示人的,直到鱼烹炸好。

　　鱼起锅的时候,他会掏出个鱼泡泡,灌进去一点药液,然后呢,塞进一

条活泥鳅。扎紧鱼泡泡，从黄鱼嘴里塞进去。

黄鱼这个时候已经烹炸好了，身体是热的，本来刘得友注进鱼泡泡里的药水有麻醉作用，泥鳅是昏迷的，现在接触到热气，它一下子醒了，鱼泡泡里没有多少氧气，所以这盘菜端到桌上的时候它就开始挣扎，你看到，就会以为是黄鱼在翻腾了。

刘得友注入的药液其实是一种腐蚀剂，一条鱼吃完的时候，事实上它已经腐蚀掉了整条泥鳅。

刘得友端空盘子走的时候，其实药液已经开始腐蚀外面的鱼泡泡了。

——他是怕有人喝鱼汤惹下祸害。

我这人成不了好的小说家，把刘得友的老底一兜，瞧，你不想看我的小说了。但我还得往下讲。

后来，刘得友老了，又没有一个子嗣。他想把这个饭馆送给手下的人了。我说过他的饭馆很大，帮他操持的，有七个厨子，打下手的，有二十多个呢。

刘得友信耶稣，他想让每一个人都得到这次机会。

刘得友做了"活吃黄鱼"，端给人家品尝。然后刘得友讲了他做"活吃黄鱼"的秘密。

"哦。"很多人恍然大悟。

"你们再吃吃这黄鱼吧。"

很多人一愣，懒洋洋地举起筷子。

有的人动作慢了，但盘子里的鱼肉还有，看别人放下筷子，他也就放下了。只有一个伙计还不甘心，不过他不吃鱼肉，他把整个鱼头夹进自己的碗中。鱼头肉少，最难入味，而刘得友做黄鱼的手法特别，鱼头，是酥脆香黏的。他的功夫，其实都在这个鱼头上。

这么多年，吃过他黄鱼的何止千百人，而想着要吃鱼头的，只有这个小伙计。刘得友泪水涟涟，让这个小伙计继承了他的饭馆。

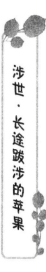
心 烛

梅 寒

作为一名职场新人，兔子先生连最起码的着装礼仪都没学会就来了——他第一次来公司报到，居然穿着一件膝盖上破了洞的牛仔裤！

从他第一次闯入我的视野，那种先入为主的成见已注定了我们之间的不和谐。可他似乎傻傻的，半点儿都没看出我的不满，每天总是快乐得像兔子似的来上班，走起路来脚底下像装了弹簧。

作为兔子先生的主管，我并没有给他多少工作，可他却很少让自己闲下来，把办公室里里外外打扫得干干净净不说，还跑到别的科室去帮着别的同事打水扫地。我冷眼旁观，不动声色地看他能把这一切坚持多久。初来乍到，几乎每一个新职员都会这么做，但没有人会坚持多久，等到在公司立住了脚跟，这一切自然就会让给下一位新人。

每天，兔子先生就处理着这样一些没有多大意义的琐碎事情。有几次，他实在没什么事情做了，就小心地问我有什么需要他做的。其实，事情倒不是没有，我手头案边需要整理的材料有一大堆，可我不放心交给他："急什么，总会有你的事做。不过，那些扫地打水的活儿，也不必你那么辛苦地跑着去做的，公司里有勤杂工。你来这儿不会就为做这些吧。"

兔子先生尴尬地笑笑，脸飞快地红了，他挠挠后脑勺，转身走开了。

兔子先生作为一名传媒专业的本科毕业生,到我们天桥广告公司,也算对路。可他的水平,实在让我不敢恭维。那天早晨一上班,我就在办公桌上看到那张简陋的广告创意,我拿起来瞄了一眼,随手就把那张纸丢到了脚边的垃圾筒里。身后有一点轻微的响动,回头时正遇上兔子先生,他怔怔地站在我身后,眼睛里是满满的失望。

"是你做的吗?"终究是有一点不忍心了,我问。

"是的,我做得不好,请您多指点。"

"嗯,下次吧。"说真的,那个创意,实在没有评点的必要。

兔子先生轻轻地退了出去。

第二天上班,一份同样的广告创意又放在了我的办公桌上。这一次比前次略微好了一些,但离我的要求还相差甚远。我再一次把它丢进垃圾筒。那一次,兔子先生没在场。

接下来几天,我算领略了这个大男孩的固执。每天上班时,我的桌上总会有兔子先生设计的广告创意,每一次都会比前一次有一点儿小小的改进,但总体水平并没有多大的起色。

终于有一天,我忍不住了:"其实,你也许没有发现,你并不适合做广告

这一行,因为你的创意没有一丝新意,这在这一行是很可怕的。"

这一次,兔子先生脸上那种惯常的笑容没有了,他的眼圈慢慢红了,却没让那两股越聚越粗的泪滴下来:"谢谢您的指点,我知道了。但我也有一点想对您说,不管我做得多差,每一次都是我努力的结果。而且,我也相信,每一次我都比前一次做得好。这些,被您轻轻地就扔进了垃圾筒,于我,却是我成长的经历,所以,我会珍惜它们。"

兔子先生从背后拿出那些曾经被我轻轻丢进垃圾筒的广告创意,我呆住了。一张又一张创意图,被我揉皱了弄污了,不知何时,他又一张张铺平整好,用订书机钉在一起,有一大摞了。

然后,我看着他高昂着头走出了我的办公室。

以后,兔子先生没有再将自己设计的作品放到我的桌上,在公司里也沉默了许多。更多的时候,他只紧抿着嘴唇专心地做事。果然如我猜的,他不再像刚来的时候那样殷勤备至,干好自己分内的事后,他把更多的时间用来看书学习了。

从来没有想到过,兔子先生的春天那么快就来了。

公司有一笔很大的广告业务,老总派我带着兔子先生去和对方洽谈。对于那笔业务,本来我们是成竹在胸的,没想到事到临头又出了差错。就在我们要去签约的头一天,对方厂家忽然打电话来说有另外一家广告公司的创意也许更适合他们。我一听就火了,在电话里很不客气地驳斥对方不守信用。我打电话时,兔子先生一直待在我的旁边,等我气愤地扔了电话把自己抛到椅子上,他才小心地问:"真的无法挽回了吗?"

"没用了,人家明天就签约了……"一种从未有过的失败感袭击了我。

"可是还没有到明天呢,说不定还有转机呢?"

我瞟了兔子先生一眼,拨通了老总的电话……

第二天上班,兔子先生没有像往常一样出现在办公室。快要下班时,才见老总满面喜色地走过来,身后兔子先生也一脸喜气地跟进来。

"向大家宣布一个好消息，我们的兔子先生，为我们公司立下了大功劳。你们可能都想不到，他居然用自己的作品，上门去说服了我们的客户，为我们留住了那笔大业务。今天中午，我们要为他庆贺一下。做事情要的就是这种精神！"

我不知道，兔子先生是如何做到那一切的，但他为那家蜡烛厂写下的那句广告语却深深地打动了我，他说：时时点亮心中之烛，希望之火将绵延不息。

谁的青春没经历过迷茫

郭震海

站在四十九层的楼顶上,张敏敏第一次真真切切地看到了月亮。那皎洁的月光,如水一样从天而泄,洒满了大地,照进了她的身体,张敏敏感觉此时的自己通体透亮。一个再虚伪的人,在月光下也会变得真实,张敏敏想。

十八岁,正是多梦的年龄,独自来到北方这座陌生的城市,没有了高中拼搏时的紧张,失去了父母的约束,耳畔再也听不到老师的督促,对于张敏敏来说,刚开始那些日子很是欢欣鼓舞,她感觉自己就像一只鸟,可以自由飞翔。后来慢慢感觉到,这种飞翔让她无比孤独,记得上高中的时候,她盼望自由,渴望解脱,现在真正自由了,竟然开始怀念那段紧张的日子。

大学的课程很少,少得让张敏敏有点不适应,成群结队的寂寞纷纷接近她,有时候,就在欢声笑语的寝室里,她也会感觉孤独,这种孤独似乎与人的多少没有关系,是源于内心的,一种不知所措的孤独。她甚至渴望有一个人,就站在远方,那是属于她的思念,就像织女心中的牛郎。

到了中午,讲台上唠唠叨叨的老师总算闭上嘴巴。大家迫不及待地拥出教室,三五成群纷纷奔向餐厅。张敏敏提着餐具,走在同学中间,一身粉红色的连衣裙随风飘动着,乌黑的秀发披在肩上。她迈着轻盈的步子,就如一朵盛开的花。

"天啊,敏敏,你不冷吗!"林晓慧扭动着胖嘟嘟的身材,穿着一件花格格线衣,显得更加臃肿,她发现张敏敏穿着清凉的连衣裙后一阵惊呼,立即招来同学们一片目光。

张敏敏被林晓慧这一声嚷嚷,脸"腾"的一下就红了,她四下瞅了瞅,猛地拉了一下林晓慧的衣角说道:"该死的,你就不能小声点吗!"

"咋了,我要有你这样的魔鬼身材,我都站到房顶上去展示,我是羡慕嫉妒恨啊。"林晓慧说。张敏敏索性不再理她,其实她知道自己过早地步入夏天,是为了一个人。

张敏敏步入餐厅,她跟在长长的队伍身后,一步步向前挪动,每近一步她的心就收紧一下,盼望着尽快到达那个窗口,又害怕到达那个窗口。那个挥舞的餐勺总在她的眼前晃动,那动作是那样帅气、那样优雅。在热气的蒸腾中,尽管他的镜片上多了一层霜,但她还是能看到他的眼睛,她感觉他在注视她,每当这时,她的心里就会咚咚地打鼓,只好用低头来遮掩心里的慌乱。

"请问,你需要什么?"一个熟悉的声音传来,张敏敏才发现自己已经站在了窗口,他正举着勺子等她回答。

"这人是不是有病啊,每次都占着窗口磨蹭。"张敏敏的身后,有等得不耐烦的同学开始小声提意见。

"请问你需要什么?如果没有想好,就让后面的同学先来好吗?"他再次催促道。

"尖椒肉丝!"

压根就不吃肉的她,不知为什么脱口说出这样一个菜名。丢人的是,当时自己的脸肯定通红,因为她感觉有一团火正在燃烧,从头到脚。说好了不紧张的,为什么一看到他,还是紧张得无法自控,张敏敏不知道,或许这就是爱情?

从来没有吃早餐习惯的张敏敏竟然定上闹钟,破天荒起来吃早餐,其实她知道自己为的不是早餐,而是看他。早上的餐厅,人很少,没有了后面的催促,她可以很从容地多看他几眼。有一天早上,当她和他四目相对的时候,他笑笑说:"姑娘,你穿得太单薄了,小心着凉。"一句简单的关心,令她差一点感动得涌出泪水,因为这一句话,她足足回味了几个礼拜。

她给他写了无数封信,她徘徊在后厨门口,只是始终没有勇气把信给他。她想好了,如果看到他出来就故意跌倒,如果跌得巧妙正好倒在他的怀抱,他一定不会视而不见。为了能跌得真实,接连几天从不穿高跟鞋的她,故意穿了很高的鞋子。

这一天她真的跌倒了,不过完全出乎她的意料,当她跌倒后,他真的扶住了她,紧接着她听到一个声音:"爸爸,这位姐姐是不是病了?"

那一刻她恨不得找个地缝钻进去,当他提出送她的时候,她狠狠地甩开他吼道:"你耍流氓啊,我会自己走!"这一声吼,引来许多同学驻足观望。她听到他气愤地骂道:"神经病!"

是的,她感觉自己确实是个神经病,她不知道哪来的力气,不顾扭伤的脚踝,一瘸一拐地跑回寝室,一头栽在床上,心情低落到了极点。她一气之下,摔碎了闹钟,此后再没有吃过早餐。

她好久都没有走出消极的心情，直到魏老师到寝室看她，她忍不住鼓起勇气说出心里的一切。魏老师刚刚大学毕业，由于年龄相差不是很多，同学们背后都称她为"知心姐姐"。

"老师，我是不是很傻啊，怎么能爱上他呢！老师……"

在学生的催问下，张敏敏这才从回忆中走出来，她很想告诉学生，其实自己在大学时比她还要荒唐，她曾经深深地爱上过餐厅的一个厨师，那个厨师已经是十岁孩子的父亲。

"爱或被爱都是一个人成长中必须经历的一部分，谁的青春没有经历过迷茫。"她告诉学生这番话后，看到眼前这位女同学一双泪汪汪的眼，再次想到了自己，想到"知心姐姐"魏老师。

刚刚走上大学教师岗位不到半年的张敏敏，突然明白，一个好的老师不仅是传道、授业、解惑，而是孩子们的人生导师，是带领他们走出迷茫青春的领路人，因为每个老师都曾经是学生，每个人都有过迷茫的、困惑的甚至长大后回忆起来，还有点羞于启齿的岁月叫青春。

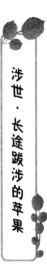

给点声音

张玉玲

　　"给点声音。"坐在副驾驶座位上的小北无精打采地摆弄着手机,整个人仿佛罩着一层浅浅的灰色,暗淡、空洞。

　　"嘟⋯⋯"短促的鸣笛后,白色"指南者"匀速前行,六十码显然是一个不紧不慢的速度,让人感觉安全稳妥,却让此时的小北感觉心里烦闷。"拜托,给点声音的意思,你是怎么理解成让按喇叭的?"话音未落,小北却忍不住笑了:"你太有才了。"笼罩在周围的暗淡灰色似乎被这笑声一点点驱散了,看到小北笑成一枝三月的桃花,李大卫的嘴角不动声色地挂上了一丝笑意,心终于放回了原来的位置。然后,李大卫打开车载音乐,莫文蔚版的《close to you》以其独有的节奏流淌在车内。"还是原版更好听。"小北说,虽然她向来觉得莫文蔚是个天才歌者。

　　"回去就买 Cranberries 版的。"李大卫答,外语部分的发音相当到位。

　　"那边不好吗?"小北眼睛看着前方轻声问。

　　"好。"李大卫答。

　　"都哪儿好?"

　　"空气好,城市干净,不拥挤,路上很少堵车,总之你能想到的都不错。"

　　"那么好,你还回来?"小北的声音低了下去,语气里夹杂着些许不满,李

大卫当然听出来了，心里却生出暖意。于他来说，此时小北对他的恨，也能让他感觉幸福的存在。大洋彼岸的生活是一部分国人向往的，当然也是李大卫向往的，但是向往归向往，而真正可以梦想成真的，却只有少数人。李大卫想，自己应该不属于梦想成真的那部分人。在那边，他的公司经营得风生水起，绿卡办得很顺利，该有的一切也都有，可是最后他才发现，那边的生活里没小北。而没有小北的生活让他感觉没有丝毫意义。他一直以为，早晚他会把小北带过去，这于他来说这根本不是个问题。但是他没有想到问题出在小北这边。

李大卫和小北都是学教育的。李大卫毕业后考了博士就出去了。而小北根本没有再考的打算，也没有接受父母的安排去某个教育部门工作。小北的这些决定李大卫都不反对，一个那么柔弱的女子，没必要把自己搞得像个女汉子，尽管他们相隔大洋两边，但那都是暂时的，他相信有他在，她就有一切任性的资本。李大卫纵容着小北的任性。他知道小北毕业后整整两年都没有工作。他知道小北买了那辆白色的"指南者"，还知道小北在一次自驾旅行的途中，把"指南者"停在了深山里一所破旧的学校门前。李大卫看到小北发来的图片，小北告诉他："你知道吗？这么简陋的一所学校，居然承载着山里孩子的小学和初中，以及他们全部的梦想。"后来，小北得意地告诉

李大卫,她可是找了关系才进入这所学校的,她负责初中的所有课程。那时候李大卫在电话另一端轻轻笑了笑,那笑里依然是纵容。

小北工作后,他们的联系明显少了,不是深山里信号不好,就是小北在忙。而同样的,李大卫也在忙,那几年,公司的起步和发展耗去了他全部的时间和精力。当李大卫后来预感到有问题的时候,就听到那个消息——小北去相亲了。真是太任性了。李大卫把电话打过来。小北却只回他一句:"你不会回来,我不会出去,而我也不想让自己成为剩女,就这么简单。"

相亲当然没有结果,因为小北不同意辞职。从这座山里出去的那个人,一直读到博士毕业后留在省城,他因为小北选择了这份工作而爱上她,却因为小北不肯辞职而拒绝与她交往下去。这让小北很郁闷,也很受打击。她只是想把自己学到的用在最需要的地方,懵懂了这么多年,她以为终于找到自己的价值了,却不想,与她无关的人都在肯定她,而与她的生活有关或者将要有关的人,都在反对她。李大卫就是在这个时候,从大洋那边飞了回来,并且很快在省城创办了分公司。

"因为你不出去,所以我就回来了。"李大卫说。

"那你还走吗?"小北问,她看到前方的那处洼地,她很熟悉这段沼泽路,一般情况下,路面还说得过去,但只要下点雨,整条路就被泥水覆盖,加上两端的山坡,那时候,她和她的"指南者"在这样的路况中,往往显得力不从心。

"走不走,一切取决于你。"白色的指南者拐了个弯,那所学校便出现在他们的视线里。此时,莫文蔚版的《close to you》刚刚开始唱第二遍。

"以后不知道,但是,我现在还不想离开。"小北看着李大卫,目光里有一丝不安。

"那就留下,我说过,有我在,你就拥有一切任性的资本。"

阳光是突然明媚起来的。"指南者"已经停在学校门前,小北看到她的学生们向她跑了过来。

楚厂长驾到

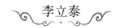

李立泰

朋友的外甥小楚中专毕业后分配到了局里工作。

考虑小楚刚参加工作，我想让他先在办公室锻炼锻炼。局办公室原来有四个人，主任、档案员、信访员，还有小刘。

小楚就负责报刊信件收发，小楚来之前小刘做收发工作。小楚一来小刘就进步了，现在小刘坐在办公桌前主要是喝茶、看报纸的大标题兼聊天。

小刘对工作很满意，这里几乎是养老院啊，还能按月拿工资。小楚是农家子弟，父母种地供他上学，能分到机关工作是很珍惜岗位的。工作太清闲，他就问小刘："咱活儿少啊刘哥？"

小刘说："机关都这样，咱还来班上坐着哩，这就不错了，有的在家里照样开工资。没事，放心，活儿少工资不少。"

"果然工资比工厂里多多了。"

小刘拍着小楚的胸脯说："是吧？不少吧？"

这么舒适安逸的工作，小楚应该心怀满意高兴。可他却没表现出优越感来，相反小楚倒有了压力感、紧迫感，心里闷闷不乐。他好像觉得有块巨石悬在头上，不知啥时会拍下来！有种莫名其妙的沉重。

我发现了小楚的心事，但没问他、也没告诉他舅。

一天，小楚给我送水没立即走，而是坐下有话要说的样子。

我问他："工作咋样？"

小楚说："局长，工作挺好不累。"他又站起来说，"局长，我想、我想去垃圾处理厂。"

他话一出口如一声惊雷，我一时竟没答话，惊奇地看着他。我问："你说啥？"

他说："局长，我想去垃圾处理厂。"

我不解地说："别人都扒门子弄窗户往外调，你咋这想法，你舅同意吗？"

他说："局长，我上学学的垃圾处理专业，现在垃圾场需要人，从社会招工，不如咱内部调剂，我去干干看咋样？"

我说："你知道那工作有多脏多累吗，社会上都看不起那儿。我也常讲分工不同，没有贵贱之分，但那是从理论上说的。你年轻在那儿恐怕找对象就困难，可要想好了，你舅同意你去吗？"

小楚说："我会跟舅舅说明的。"

他舅跟我的意见一样，对他的选择不理解："局是地方国家机关，厂是事业单位企业化管理。你可别后悔，一个萝卜一个坑，你走了马上有人替补。"

小楚最后跟我吐露了心声："局长，我首先感谢您对我的关心照顾。这

都是看我舅面子。局长，我不知我舅的面子还能维持多久，假如您提拔离开了，新局长来了还照顾我吗？我对今后的工作有危机感，现在整天喊改革喊得惊心动魄，我觉得不会整天无所事事下去。"

局长办公会研究批准了小楚的要求。

垃圾处理工作的确又脏又累。污水初处理车间三班倒，非常辛苦，空气污染严重。他亲戚朋友同学都不理解他的选择，原来谈的对象离他而去。

小楚心里也彷徨过："难道我中专毕业就干这最差的工作？不行！"他把全部的努力都用到工作上。垃圾运输他抢着干，工友请假他替班，吃苦在前，很快得到厂长赏识。不到一年提拔他任污水初处理车间副主任、主任，靠自己的努力上了两个台阶。

小伙子信息可真灵，市里准备建垃圾发电厂，他报了名。虽然发电他是外行，但是他的工作态度和事业心让人放心。垃圾燃料这一块交给他肯定胜任，果然他去了垃圾发电厂筹建处。

筹建处的工作条件比想象的更艰苦，先治坡后治窝，在板房办公。小楚任燃料车间主任，身先士卒。哪儿脏哪儿有他的身影，哪儿累哪儿有他的汗水。他率领一班人当建厂突击队。

副厂长受不了垃圾臭味，熏得头疼干呕，调走了。

发电在即，正是用人之际，小楚被任命临时代理副厂长，负责业务。小伙子经过扎实工作，刻苦学习发电知识，填补知识空白，很快胜任了工作。

垃圾发电厂顺利运营，社会效益、经济效益双丰收。小楚现在是垃圾发电厂副厂长了。他来局里看我。我朗声道："楚厂长驾到！"

"局长，您看您。今后我还是您的兵。"

"小楚，你谈的这个姑娘有眼光。啥时喝你喜酒啊？"

"快了。到时我先请您。"

聊起同事小刘，因竞聘上岗的原因，被精简到苗圃了。吃得苦中苦，方为人上人，俗话不俗。要想人前显贵就得背后受罪。

应聘二题

吴志强

第一次应聘

天桥广告公司把前来应聘的人安排在市场部会议室,分三天做三次考核。第一次考试,兔子先生以 99 分的好成绩排在第一,一位叫柠檬的女孩儿以 95 分的成绩排在第二。

第二次考试试卷一发下来,兔子先生感到纳闷,当天的试题和第一次的试题完全一样。开始他认为发错了试卷,但监考人员一再强调,试卷没有发错。既然试卷没有发错,兔子先生也懒得去想,自信地把笔一挥,还不到考试规定时间的一半,试卷便写完了。兔子先生把试卷一交,其他应聘的人也陆陆续续地把试卷交了上去,人人脸上都春风得意。第二次考试考分一出来,兔子先生仍以九十九分的成绩排在第一,而那位交卷最晚的女孩柠檬以九十八分的成绩排在第二。

第三天准时进行第三次考试。

"这次该不会拿同样的题目给我们考吧?"进考场前,应聘的考生们议论纷纷。

试卷一发下来,考场上顿时炸开了锅,因为试卷和前两次完全一样!

"安静,安静,大家听我说,这次考题和前两次一样,都是公司的安排。公司怎么安排,我们就怎么执行,如果谁觉得这种考核办法不合理,你可以放下试卷,我们随时放你出考场。"监考人员把桌子拍得啪啪响。

众人一看监考官发怒了,只好老老实实低下头去答卷。

这次考试更省事,绝大部分考生和兔子先生一样,根本用不着看考题,直接把前两次的答案写上去了。不到半个钟头,整个考场都空了,只有那位叫柠檬的考生仍托腮拍脑,绞尽脑汁冥思苦想,时而修改,时而补充,直到收卷铃响才把答卷交了上去。

第三次考分出来,兔子先生长长舒了一口气。他仍以九十九分的成绩排在第一。不过这次没有独占鳌头。考生柠檬这次也以九十九分的好成绩和他并列第一。

第四天录用榜单公布,上面只有柠檬的名字,兔子先生落选了。兔子先生当时找到市场部主管办公室,理直气壮地质问主管:"我三次都考了九十九分,为什么不用我而录用了前两次考分都低于我的考生呢?你们这种考核公平吗?"兔子先生显得异常激动。

市场部主管笑呵呵地凝视着兔子先生,直到他心平气和才开口说话:"兔子先生,我们的确很欣赏你的考分。但我们公司并没有向外许诺,谁考

了最高分就录用谁。考分的高低对我们来说只是录用职员的一个依据，并非唯一指标。不错，你次次都考了最高分，可惜你每次的答案都一模一样，一成不变。如果我们开拓市场也像你答题一样，总用同一种思维模式去经营，能摆脱被淘汰的命运吗？天桥广告公司需要的职员不单单要有才华，更应该懂得反思，善于反思、善于发现错漏的人才能有进步，职员有进步，公司才能有发展。这次你未能被录用，我实在抱歉。"

兔子先生哑口无言，羞愧难当地退出了主管办公室。

第二次应聘

第二次应聘，兔子先生应聘的是天桥广告公司行政部的职位。过五关斩六将，兔子先生经历了笔试和面试，等到由公司行政部主管亲自敲定人选的时候，当初来报名的一百多人只剩下兔子先生、鸭梨、菠萝，还有一位叫樱桃的女生。

敲定人选那天，天桥广告公司把他们安排在行政部的接待室。一进门，兔子先生想到决定自己命运的时刻即将来临，心就突突地跳个不停。几个小时过去了，仍不见神秘的主管出现。直到十二点多钟，一位自称芒果的接待员才姗姗来迟，向四人道歉解释："主管今天应该从英国赶回来的，可昨天伦敦起了大雾，飞机延误，你们明天再来。"听完，兔子先生深深地吐了一口气，绷紧的神经松了下来。

第二天，四位竞争者又准时到达行政部接待室，和昨天一样，他们没见到主管。只是快吃午饭的时候，接到一个电话，是主管亲自打过来的，向四位致歉，并解释未到的缘由，然后叫他们隔三天再来。接完电话，高个子鸭梨沉不住气了，他满脸狐疑地问兔子先生他们三人："我们是不是遇到了骗子？"

三天后，兔子先生又准时到了公司。高个子鸭梨没有来，只剩下三个人

怀着不安的心情静静等待着。这次兔子先生迫切希望主管出现，选得上也好选不上也好，只要快点结束这种煎熬就行。结果还是令人失望，兔子先生三人不仅没等到主管，直到中午也没人进来和他们打声招呼。戴眼镜的菠萝再也沉不住气了，像一只无头苍蝇，在接待室破口大骂，最终愤然而去，俨然一位壮烈的勇士。

兔子先生原本一定要在天桥广告公司上班的决心有点动摇了，他也开始怀疑这是一个骗局。兔子先生在学生时代做过兼职记者，抱着弄清真相的心态，他决定还是要等下去。于是就近买了块面包和一瓶矿泉水度过了一个最难熬的中午。

但是，结果仍和前几次一样，他和樱桃一直等到傍晚，还是没见着主管。

从报名算起，这次应聘时间长达半个月。直到第十六天，兔子先生再也不愿早早起床，懒懒地抱着一本杂志，躺在宿舍翻看着，打发无聊的时间。他看到杂志上的一则故事：古罗马有个皇帝，常派人观察那些第二天就要被送上竞技场与猛兽空手搏斗的刑犯，看他们在等死的前一夜怎样表现。如果发现凄凄惶惶的犯人中居然有能够呼呼大睡的人，便偷偷地在第二天早上将他释放，训练成带军的猛将。

这半个月来我们不就在搏杀吗？只不过地点不在战场，也不在竞技场，而被天桥广告公司安排在部门接待室。兔子先生这样想着，立即穿戴整齐，赶往公司。一到接待室门口，一位风度翩翩的中年人操着标准的普通话，伸出热情的双手迎了上来："让你久等了，你就是我们一直在等的人，欢迎你加入我们。"

渡

陈　敏

　　敲门声大而急促,如同敲鼓。门开了,男人反倒迟疑起来,把脏兮兮的胶底鞋在门口蹭了又蹭,不敢进来。

　　软玉拖着睡袍,眨巴着一双没睡醒的眼睛,说:"进来吧,叔!"

　　一只大大的编织袋从他的肩头滑下来,落在地板上,里面鼓鼓囊囊的,装着一些青核桃。客厅里的空调发出丝丝凉气。他涨红着脸,立在那里,手都不知往哪里搁。

　　他的身后跟着个小女孩,拘谨、单薄,用一双怯生生的眼睛打量着屋子和屋子的主人软玉。

　　软玉拉过小女孩,捏了捏她瘦弱的膀子,心一疼,说:"没好好吃饭吧,孩子,咋瘦成这样子呢?"

　　男人淡淡地说:"这丫头,从小就瘦,跟她死去的妈一个模子倒的,只吃饭,不长肉,也不知把饭吃哪里了。"

　　软玉把女孩拉坐到沙发上,塞给她一个红富士,低声问:"想不想妈妈?"

　　女孩点头又摇头,眼睛里汪着的泪水被摇了出来,落在她的细细的胳膊上。

　　男人用近乎恳求的声调对软玉说:"你带她去城里吧。她年龄不小了,

差不多能谋生了。你知道叔干的那危险差事——替人背矿石,天天把命提在手里干活儿。我怕有一天,一不小心蹬了脚,魂归西天,她就成孤儿了。"

他盯着软玉,裂开嘴,露出苦笑。

"可她还小,还不到十一岁,我不能带她出去。"软玉面露难色。

男人怔了一下,把说了一半的话咽了回去,又改口说了别的话题。

话题全是恭维软玉的。"村上人没一个不啧啧称赞软玉的。世道颠倒了,女人盖过男人了。那座桥修了好几年,修修停停,停停修修,总也修不好,软玉一出面,哗啦一下子就修起来了。女人出手就是比男人大方,办事也比男人得力。村里的男人们看见女人掏巨资修桥,羞愧得脸都没地方搁。如今,过桥的行人,哪个不得感激你软玉啊!"

男人说完,就拉着女孩走了。

他的话让软玉红了脸,想起自己的身份。

她并非属于人们想象的那种好女人。当她在深夜里拷问自己时,她身体里的一个声音告诉她:她是个下贱、卑劣的女人。她能闻到各种男人残留在她身上的味道。她开"发廊"发了财,后来盘下了一个商场,做了老板娘。

这些年来,她一直没原谅自己。她一遍遍洗澡,擦拭着本来已经洁净的体肤,感到自己的躯体就像一座罪恶之桥,千人踩,万人踏,曾经把无数的男人"渡"进"堕落"的沟里;他们的脏,成了她心中的痕,一日不洗,便羞于见人。

当白日的羞愧变成夜晚的忏悔时,她就想着要为自己赎罪。她想让自己真正成为一座渡人走向希望的新桥!她做了一些力所能及的善事。资助孤儿院时,那些孩子全都站出来,排成一排,对着她举手致意,她心一软,一下子多愁善感起来,泪眼模糊得看不清路。从此,她每隔一段时间就去看这些孩子。她出资修桥,让千人万马从桥上踏过去,也算是一种赎罪吧!

村里人还算善良,从不追问她在哪里发的财。即使听到外面传来的一些闲言碎语,他们也会装作听不见。

下层人往往是一个容易满足的群体,只要你不欺负到他们头上,并稍微给他们一些恩惠,他们就会感恩戴德。大桥完工的那天晚上,软玉被推到领导席位,全村人都来向她敬酒,其中不乏耄耋老人,他们颤巍巍地举着酒杯,用没牙的嘴巴说着谢恩话,向软玉表达敬意,称赞她是村里人的功臣。欢声笑语里,无数只手臂和酒杯在她头上舞动,软玉成就感顿增,感到头顶上方盘旋着五彩光环。

软玉在想,下一步她还能为他们做些什么呢?

第二天,她起得很早,在空荡荡的院子里踱着步子。院子的门又一次敲得嘭嘭响。又是那位远房的叔,小女孩依然跟在他身后。

没等她开口,男人大踏步迎上来,塞给软玉一个红包:"我知道你不缺钱,可这是叔的一点心意,你还是把她带走吧,让她跟着你学赚钱。这孩子是个儿小力薄了点,但干活儿手脚还算麻利,你让她给你跑腿、做饭、洗碗、扫地、洗衣服,干啥都行。"

男人执意要把女孩塞出去,像急于要脱手一件极不喜爱而又不值钱的物件。

软玉脸上露出一丝苦笑,随手将红包塞进女孩的口袋里。

第二天,软玉把女孩带进了城里。

她为女孩腾出了一间房,给她洗了澡,换了件新买的漂亮的公主裙。拉她到镜子前说:"听着,燕子,从今儿起,灰姑娘要变成公主了。"

软玉把女孩送进了这个城里最好的一家私立学校。

细 节

赵长春

到办公室报到的第一天,主任就告诉小李,要注意细节,并送了他一本书——《细节决定成败》。

有什么细节可以注意呢? 小李想着,在当天的日志上写了一些细节:接打电话如何,给领导送机要文件如何,领导进办公室如何,办公桌上物品摆放如何……

小李慢慢也学会了。特别是开会时,他总是随手多带几支笔,装在口袋里。当有的领导摊开笔记本却找不到笔时,或者写着写着笔用不成时,小李就悄悄过去,往领导本上放一支笔……他还多带一沓稿纸,给一些匆匆忙忙进会议室却没有带纸笔的人预备好,虽然这样的机会不多。可是,关键时刻,就这么一次,领导就记住了他,还说:"哦,小李,可以,有培养前途。"

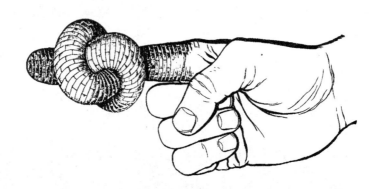

有天晚上,小李在家加班,老婆随手一翻:"哎呀,你这个字错得也太显眼了吧?"说着,随手一指。他一笑:"看来你能当局长了。可这个字不能改,得留着等局长改。这样,显出领导的重视,显得领导特别有水平,稿子才能过关。"看着老婆瞪大的眼睛,小李说:"细节,注意细节,知道不?"

三年后,小李成了副科长。又过了两年,成了科长。小李已经用完了数个工作日志记录本,多是写着工作中所应该注意到的细节:开会时,要专注地与领导目光对视,点头,在记录本上写两下,哪怕你在画鸟;和领导一起进电梯时,要先进后出,随手随时注意按着开关,要说局长好、注意身体、天气不错,等等;陪领导吃饭时,注意眼观领导的水杯深浅,该替喝酒时要坚决出手,不该替时绝不接话……小李还记住了张局长好酸辣,王副局长喜欢喝白开水,等等。隔些日子,他就翻出来看看,红笔点来蓝笔圈。看完,笑笑,锁进自己的柜子里,视若珍宝。

又过了两年,小李成了副主任。虽然是副的,但远比当科级干部时权力大得多。局长们也不再叫他小李了,喊他李主任了,特别是后来的其他科长、副科长、科员们,喊得既尊敬又畏惧。小李好像突然看到了当年的自己,他感到一些笑既熟悉又烦心。

成为副主任的小李更加注意工作、生活中的细节,特别是生活中的。他觉得,局长们的事永远是大事,私事比公事更重要,特别是局长的。有一晚,局长喝多了,说不回家,让他送到芙蓉小区。到门口,下车,摆了一下手。李副主任就开车走了。"既然领导信任咱,不让司机开车,咱就不问。"这也是他当晚记下的一个细节。第二天一大早,局长打电话让他来接。他说:"我昨晚喝多了,我现在就往您家里去……"局长说:"哦,哦,我步行在路上呢,你到人民路接我吧。"

"好的。"他挂了电话,冲着镜中的自己,狠笑了一下。

又过了两年,小李成了主任,这还是得益于生活中的细节。有天晚上,饭桌上,接待来检查工作的省厅领导,局长带着副局长们作陪。身为副主任

的他,敬陪末座。说笑间,局长站起身,向厅领导敬酒,慌张中把厅领导的水杯给碰洒了,湿了领导的裤子。尴尬中,李副主任站了起来,说:"厅长,你给我们局带来了好运!"大家一愣。李副主任说:"看'泼'字,三点发,厅长在中间,左膀右臂,你们仨领导,都要发了! 发需要水,刚才厅长的水,洒得好啊!"

"哈哈,哈哈……"众人都笑起来,"发! 发! 喝!"

这个场景,是李副主任成为主任的一个关键性细节。果然,半年后,局长进入省厅。局长走前,解决了李副主任的正职问题,把他的"副"字去了。

当上主任了,更没有人叫小李了,包括新来的局长,还有其他副局长们。坐在一个人的办公室里,李主任一脸的庄重和严肃。面对新的工作日志记录本,他旋开新的水笔,认真地写下一行字:"细节就是孙子!"

停了一会儿,李主任又涂掉了这一行字,背过脸,若有所思……

舅 爷

江 岸

舅爷自幼水性极好,人送绰号"青水飙"———一种能在水面上疾驰而过的小青蛇。舅爷的踩水技术更加出众,在波涛汹涌的水面上,他只靠两只脚在水下像鸭子一样拍打,便能漂江过河,腰身以上的部位全都露出来,有时还能露出白花花的肚皮。他的手是不沾水的,往往把衣物置于头顶,双手护定,悠然而过。这样神乎其神的绝技,我无缘目睹,只能听听而已,一笑了之。我降临人间的时候,舅爷已经是白发老人,步履都有些蹒跚了,已不能再逞当年劈波斩浪之勇。

然而,在我七岁那一年,我间接地领略了舅爷的神技。

那时候,舅爷是我们家最主要的客人。其他亲戚逢年过节才露面,舅爷却隔三岔五来我们家。中午放学回家,只要嗅到厨房里飘出浓烈的炒鸡蛋的香气,准是舅爷他老人家又大驾光临了。舅爷家住在洗脂河东边,我们家在河西。有一年初秋,暴雨下了三天三夜,洪水漫出河床,淹没了田地,在若隐若现的庄稼脑袋上打着一串串旋涡,往昔婉约的洗脂河变得一派雄浑苍茫。我们都暗喜,真是老天有眼,舅爷这下可来不了啦!中午放学回家,却仍旧看见舅爷端坐在堂屋,爹正与他把盏呢。舅爷横渡洗脂河,浸过凉水,爹怕他着了寒气,借了好多家,终于借到半瓶酒,殷勤地劝舅爷多用两杯。

这一次，舅爷在我们家住了三天，等洪水完全消退，爹才毕恭毕敬地把他送走。舅爷走了，我们家的鸡蛋篮子也空了。那个篮子是我们家的储钱罐，煤油盐巴、针头线脑、毛巾肥皂……一切庄稼地里长不出来而必需的生活用品，都需要用鸡蛋去换。不到过生日，不是逢年过节，我们谁也休想吃一个鸡蛋。可舅爷只要到我们家，就天天吃鸡蛋。

舅爷吃鸡蛋，我也要吃。爹就骂我，撵我。哥哥、姐姐自然不敢讨鸡蛋吃，都怒目瞪舅爷，却招来爹的暴打。

娘哽咽地说："谁教你们这样不仁不义的啊？现在好歹还有一碗稀饭喝，怎么就不能省一口给你舅爷？当年吃食堂，全村人都水肿了，我和你爹都没有亏过你舅爷，自己忍饥挨饿，也给你舅爷省口吃的……"

后来我才知道，舅爷是遗腹子，是在我奶奶背上长大的。奶奶出嫁了，总是不放心娘家兄弟，经常接他过来住一段。奶奶死前，只有一句遗言，是对我爹说的："照顾好你舅舅。"

爹忠实地履行了对奶奶的承诺，和娘一起，一直对舅爷孝敬有加。大跃进时期，是爹娘救了舅爷的命。舅爷他们大队虚报粮食产量比黄泥湾更甚，所以食堂开办不久，就"砍大锅"（注：商城方言"砍"是把锅盖盖上的意思，"砍大锅"特指 1959 年冬没有粮食，公社食堂停办）。表叔和表婶撇下舅爷，外出逃荒，跑得不知去向。舅爷饿了，就蹭到我们家，这才捡了一条命。

有一次，爹娘送舅爷出村的时候，舅爷紧紧拉着爹娘的手，老泪纵横，哽咽地说："外甥，外甥媳妇，你们对我这么好，我怎么报答你们呢？"

舅爷的孙女英子慢慢长大了，如花似玉。舅爷终于找到了报答我爹我娘的方法，他擅自决定，把英子许配给我大哥。我大哥早就到了该结婚的年龄，却一直打着光棍，爹娘都快愁死了。

表叔表婶和表姐英子都坚决不同意这门亲事，和舅爷吵。他们大队离公社近，嫌黄泥湾山高路远；他们大队田地肥沃，嫌黄泥湾山高水寡；我们兄弟四个，就三间草房，嫌我们家贫寒。舅爷充耳不闻，一意孤行。

舅爷在我们家也豪爽地宣布了这个决定。

舅爷把瘦骨嶙峋的胸脯拍得啪啪响,斩钉截铁地说:"我们两家亲戚不能断,下一辈必须接上。他们谁敢不同意,除非我死了。"

这个婚约冷淡地维持了好几年,表姐也没有嫁到我们家来。舅爷一天天老了,终于绷不住了,表叔表婶托人过来退了亲,表姐英子另攀了高枝。

过了好久才听说,表姐英子出嫁那天中午,舅爷牵牛去门前池塘饮水,失足掉进了池塘,淹死了。表叔表婶竟没有打发人过来报丧。

对于舅爷的死,我非常迷惑。我曾在他们村的那口池塘里游过泳,最深处也淹没不了头顶,舅爷水性那么好,怎么就淹死了呢?

几十年过去了,在我心中,舅爷的死仍然是个谜。

涉世·长途跋涉的苹果

圆 圈

周齐林

从部队转业后，李四在一个一万多人的大工厂做保安。选择在这里上班，是因为这个厂的保安每天需要站军姿两个小时。李四特别喜欢站军姿。

公司成立二十周年年庆，各种各样的活动如火如荼地进行着。保安部最为隆重也最为吸引人的节目就是站军姿比赛。这让李四十分期待。

活动当天,不到上午十点,阳光就异常毒辣起来,站在工厂操场中央不到十分钟便满头大汗。活动安排在工厂那个椭圆形的操场上,操场上画了五十五个圆圈,哨声一吹响,五十五个参赛选手不约而同地站进属于自己的圆圈里。白色粉笔画出的圆圈很小,仅够两只脚的空间。

不到半个小时,就有人坚持不住了,有一部分人的手脚像失去了控制一般,不时地动来动去,时而摸一摸爬满汗珠的额头,时而捏一捏微微发痒的大腿。这种动作仿佛传染一般,很快就扩散开来,呈现愈演愈烈之势。李四站立于人群中央,却丝毫不受影响,神情淡定而又从容,此刻他的心情是十分欢愉和幸福的。在几个工作人员严格的监督之下,不时有人被淘汰出局。人群中央的李四虽然依旧面无表情,双眸直视前方,一副淡然处于世外的模样,但对于场外观众哪怕是细微的变化,他都能清晰地感受到。

两点十五分,最后一个与李四竞争的人支撑到了极限,一步一瘸地走出了圆圈。大概是站立太久,那人双腿已经麻木得失去了知觉。李四感觉这些参赛者完全是冲着奖品来的,而他自己却完全不在乎这些。

现在,整个赛场上只剩下李四一个人。他重新调整了一下自己的心态,再次挺胸收腹提臀,双手笔直地垂放,仿佛比赛刚刚开始一般。整个工厂顿时陷入死一般的寂静。当四点钟的闹铃突然响起,地上的五个工作人员像是触电般不约而同地站立起来,箭一般朝李四扑过去,而后一脸笑容地把李四从赛场上拉了下来。他们不停地向李四说着恭维祝贺的话语,神情欢愉而幸福,仿佛获得冠军的是他们自己一般。李四感觉自己像是被硬拉下来的,有种胁迫之感,他下意识地把几个搀扶着他的人推开了,他觉得比赛好像刚开始,其实自己还可以站得更久的,甚至可以一直不吃不喝地站立到深夜。具体能站到几点,他自己也难以说清楚,毕竟他没有挑战过自己的极限,他也没有这样的机会。

冠军的奖品是一把价值一千五百元的高档转椅。这次比赛之后,认识李四的人多了一些。一时间,平常几乎无人关注默默无闻的李四多了不少

关注。有人经过厂门口，见他正在站岗，通常会瞅他一眼，而后便会装出一脸严肃学着他的模样，右脚使劲蹬地，发出一声清脆的响声，向他来一个十分标准的敬礼，脸上却露出十分搞怪的表情。很快他们就笑着离去了。

当人们重新投入工作之中，很快就把李四抛之脑后。而李四痴迷于这种行为艺术，这已成为他心底的精神食粮。

这次活动之后，一连三个月没有类似的活动。李四心底那股痒意愈来愈重起来，像是有无数蚂蚁在身上爬，让他难受无比。李四忍不住，终于辞职了。

后来，李四在广场上画了一个圈。广场上很快聚集了不少人，他们驻足停步一脸好奇地看了李四一眼，而后又匆匆离去。好几个调皮的孩子站在他面前看着他。李四却不为外界所动，当他再次从自己的世界里缓过神来时，他惊奇地发现圆圈前多了一个破旧的瓷碗，碗里零星地躺着几张皱巴巴的钞票。这股惊奇转瞬就变成了沮丧，李四顿时感觉被侮辱了。又有几个路人笑嘻嘻地看了他一眼，而后往碗里丢了几个一分钱的硬币。李四迅速抽身而出，只留下那个盛了几张钞票和几个硬币的碗。在李四转身走出广场后，碗就被人迅速抢走了。

无奈之下，李四在一个狭小的出租屋住了下来。为了保持安静，李四把门紧紧锁上了。他决定破釜沉舟挑战自己一把。为了计算好时间，他还特意买了一个闹钟放在自己面前。他又收腹挺胸站立起来，为了重新给自己打气，李四大声呐喊了几句，连续给自己来了两个响亮的敬礼，而后站进画好的圆圈里。

然而，进行到次日，紧锁的房门就被砸开了，那个沉重的铁锁掉落在地，撞击在厚重的墙壁上，发出咔嚓的一声响。房东一脸怪异地看着李四，愤愤地把他赶了出去，接着狠狠地骂了一句："神经病，有多远给我滚多远。"他担心李四会死在他的出租屋里，那样不仅会沾得一身晦气，还会惹来一身麻烦。

最终，李四一脸阴郁地来到火车站，想去寻找一个适合自己的城市来挑战自己。在昏黄灯光的映射下，原本身强体壮的李四早已变得瘦骨嶙峋。

程小那的春天

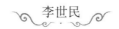

李世民

　　算起来,程小那来到餐馆,还差三天就一个月了。程小那想着,快发工资了,等发了工资,就给儿子买一身好看的衣服,寄回去。

　　外面,风很大,好像飘起了雪花。餐馆里,却是暖意融融。茶是刚沏上的,飘着淡淡的香味。菜是刚端来的,冒着热气。客人们一边用餐,一边兴致勃勃地围绕着某个话题随意侃聊,服务生们脸上挂着微微的笑意,穿梭于亮亮堂堂的大厅里,当然,也包括程小那。

　　程小那从传菜生托盘里端过一盘名叫夫妻肺片的凉菜,轻轻放到了一对夫妻模样的客人桌子上。那对时尚的小夫妻抬起头,不约而同地说了一声"谢谢"。轻轻淡淡的两个字,却像春天里一阵暖暖的风,吹开了程小那心中的花朵。

　　就在程小那转身的时候,却出现了一点小小的意外。一位传菜生端着一份紫菜蛋花汤走了过来,正好与刚刚转身的程小那撞了一下,还好,程小那反应很快,双手托住了传菜生手里的托盘。尽管这样,托盘上的碗还是晃动了几下,蛋花汤溅了出来,有好几滴落到了一位客人的衣服上。

　　程小那马上慌乱起来,她抽了两张餐巾纸,一边弯下身为客人擦衣服上的汤渍,一边红着脸说:"对不起,对不起。"那位头发油亮,在后脑勺扎了根

马尾辫的男人甚至连头都没抬,拖着长腔说:"一声对不起就完事了?"

程小那站在那里不知所措,一双小手都搓红了。

小辫子男人说:"去,把你们老板叫来!"

"我赔,我赔好吗?"程小那低声说。

"一万三,你赔得起吗?"小辫子男人冷声说。

程小那一下子像掉进了冰窟窿,她望着小辫子男人冷峻的面孔,摇了摇头。"快一点,把你们老板叫来。"小辫子男人有点不耐烦了。

"我赔一千好吗?"程小那鼓足了勇气说。程小那说出这句的时候,心里又后悔了,一千块,是自己将近半个月的工资,这样的话,儿子的衣服成泡影了,还有,下个月的生活费哪里出呢?!

"笑话,你怎么好意思说出口,我这可是演出的服装,最少也要出五千。我的时间很宝贵,一分一秒都耽误不起,你不要磨蹭了,不然,我打110。"小辫子男人的话像刀子一样锋利。

程小那不知道该怎么办了,她躲到角落里站着,眼泪顺着脸颊流了下来。一会儿,警察就来了。看样子,小辫子男人真的报警了。

警车开得很快,程小那心跳得比警车还要快,她茫然地望着车窗外闪闪烁烁的城市夜晚的灯火,不知道警车开往哪个方向。车窗外,飘舞着大片雪花,一片一片地像钻进了程小那的衣领里,凉透了后背,向周身蔓延。

处理事情的是一个高个子警察,他把小辫子男人和程小那带进了一间警务室。

大个子警察开门见山:"你们谁先说?"

大个子警察话还没落地,小辫子男人就抢了话茬:"我先说,我先说。"

于是,小辫子男人理直气壮地讲起了程小那怎么弄脏了他昂贵的演出服装。

大个子警察转过身对程小那说:"你愿意赔他吗?"

程小那想说什么,却什么也说不出来,只有眼泪涌了出来。

大个子警察想了想,对他们说:"下面,我要进行单独谈话,你俩一个一个地谈。"

大个子警察又对小辫子男人说:"刚才,是你先说的,现在,我要和她谈。你先到门外等着,等我们谈完了,你再过来。"

小辫子男人开门出去的时候,有凉风嗖嗖地吹进了屋子里,有雪花飞舞着钻进了屋子里。

大个子警察问程小那家乡是哪儿的,程小那说是河南的;大个子警察问孩子谁看着呢,程小那说爷爷奶奶看着呢;大个子警察问程小那家里还有几亩地,程小那说家里还有五亩地;大个子警察问程小那一亩地能收多少斤小麦,程小那说一亩地能收九百斤小麦……问来问去,程小那觉得好奇怪,这个大个子警察,跑题了吧?

回答大个子警察问话的时候,程小那看了看窗外,外面的风呼呼地刮着,大片大片的雪花飘着,走廊下的小辫子男人缩着脖子,搓着手,跺着脚。

大个子警察为程小那倒了一杯开水,说:"喝点水,暖和一下。"

程小那喝了水,觉得挺暖和的。

不知不觉,一个小时就过去了。

程小那再往外面看,小辫子男人不知道什么时候走了。

这时,大个子警察对程小那说:"走,我送你回餐馆。"程小那说:"那个人呢?"大个子警察笑笑说:"早该到家了。"大个子警察又说:"我要告诉你的老板,今天不能扣你工资,还有,以后遇到这样的人,你先报警。"

此刻,车外雪花乱舞,而程小那心里的那个春天,却开始发芽吐绿了。

独活与寄生

高海涛

　　独活开着一家小说书店,兼营音乐唱片。她的进货原则是:每有一本小说出版她都会进两本,一本留在里屋的书架成了非卖品,一本放在外面的货架上成了商品,即使是最热销的小说,她也从不多进,只是两本。相反她兼营的唱片却是什么流行上什么,数量按市场而定。卖唱片成了主营项目,赚了钱补足书架和肚子。大部分时间,独活就在里屋的书架上拿下一本小说,边看边听着最流行的音乐。喜了,哈哈大笑;悲了,抱头痛哭。她认为,她是这个世界上最幸福的人。

　　有一个叫寄生的作家经常光顾独活的小说书店,每次来,他都会买走一些小说。寄生已自费出版了两本小说集和一部长篇小说,他送给独活,独活不要,但她像进其他小说一样进两本,里屋一本,外屋一本。里屋那一本她早就看完了,可外面那一本好像永远也卖不出去了。

　　寄生很痛苦,很累,为出书他到处去拉赞助,有时不得不埋下脸来给一些有钱人写吹捧的文章,然后低三下四地到报社找编辑发表。

　　独活卖东西时从不想多说话,书有定价,就不用说了,每张唱片上她也都标明价钱。只是作家来了,她的话才多,但一句也不是买卖上的。作家从来没有还过价,独活也从来没有让过钱。她只是与作家交流对每本小说的看法。

有一天,作家说:"像你这样独到的鉴赏水平,是可以写出很好的小说的!"

独活说:"我觉得人生最愉快的事就是在音乐中读别人的小说,我太满足,太幸福了!"

更痛苦的事又降临到了作家身上,下岗的妻子不甘贫困离开了作家。作家只好与自己出版的小说一起挤进了文联的那间办公室,那张单人床和那张小桌反而被挤得更大了。作家的痛苦和独活的幸福使作家产生了灵感。作家买了两箱方便面与两桶纯净水,在小屋里一待就是一个月。

独活依然在音乐中读小说,她很幸福,可她越来越不快乐,似乎有了一点点的痛苦。时间一长她找到了那些痛苦的原因。以前,她每读完一两本书,都会把自己的想法说出来给作家听,这样她才可以一吐为快。她忽然明白了:交流才能让幸福变成快乐。

作家又来了。作家给独活带来了他刚用一个月写成的长篇小说《快乐

与幸福》手稿，请她提意见。作家说："我翻来覆去地想，只有你的意见才能使这部小说升华。"

半年后，经过他们反复修改，这部小说终于被一家出版社买断，成了一本炙手可热的小说，作家也成了炙手可热的作家，他以前自费出版的书也成了热销书。作家非常快乐，他的快乐是痛苦与快乐的强烈反差带来的。

独活非常快乐，她的快乐是分享别人快乐时带来的快乐。

更让他们快乐的还有一件事：寄生与独活结婚了。

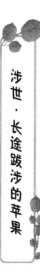

遇见未知的自己

杨柳芳

我一直走,向黑暗深处走去。

尽管周围掩藏着无数双眼睛,并且它们充满了焦虑与渴望,但我仍然执意要往前走。这些可怜的眼睛啊,只要我向前迈进一步,它们就会发出惊恐的或者是悲怆的光芒。它们试图用这样的光芒来阻挠我的前进,可是,我必须向前走,必须!

我知道,在前方我将会遇到一个未知的自己。这个自己或许是落魄的,淡然的,或许是功成名就的,当然,还有可能会堕落成一个没有灵魂的妖姬。我挥一挥手,朝周围那一双双眼睛喊着:"再——见——再——见——了。"

我的成绩一向那么出色,每次考试我都能稳居前五名。所有人都很肯定地认为将来的我不是清华的才女,便是北大的天之骄子。

可是,世事难料,一个高考下来,我居然只考进了一个三流本科。

一双眼睛又迫不及待地追了上来,我没有猜错的话,那是母亲的眼睛,她的眼神向来是犀利的,可是,面对如今的我,她居然也能变得如此软弱。她用哀求的目光看着我。她说:"小芳,你无论如何得听我的,复读!只有走复读这条路才不枉费这几年来的努力。"

我没有停步,我撇开这双眼睛,继续向前冲去。我看到了前方有一丝光芒,它不断地闪烁着,引领着我的目光向前走去。我相信那里藏着一个未知的自己。我一直是个听话的孩子,从小学到高中,母亲说什么我就做什么,我把儿童时期和少年时期应该享受到的欢乐时光都用在了学习上。我初中的同桌余乐乐就一直嘲笑我是书呆子,她说我居然连风筝都没放过,更别提现在 iPad 里的各种小游戏了。

另一双眼睛又冲了上来,我从它仁慈的目光中看到了父亲的影子。父亲一直都是那么慈祥,他给我做世上最好吃的饭菜,给我买我想要的一切,如果我要天上的月亮,他都会努力为我摘下来。可是,我的父亲,我亲爱的父亲,他唯一的愿望就是希望我考上清华或者北大,他用特有的仁慈来要求我,使我没有理由去与他抗争。如今,他仍然这样,他说:"小芳,答应爸爸,只要复读,你想要什么爸爸都给你买。"

我终于知道了什么叫软硬兼施。于是,我不得不听话,我每天必须看书、写字、学习,然后吃饭、睡觉、思考。这是我跨入大学前的人生写照。

如今,我要从这个无趣的圈子里跳出来,我不要复读,不要!我就是要读一个三流的本科!所以,我必须向前冲,甩开一双双阻挠我的眼光,向那一丝微弱的光芒奔去。

可是,那一双双眼睛是那么顽强,一个下去了,另一个又追上来。此刻,站在我面前的这双眼睛是表姐的,她怜悯地看着我,像看一个刚刚从苦难中爬上来的孩子,她说:"小芳,听我的,复读吧,偶尔失利也是很正常的,你基础好,该复读的。你瞧我,现在还没毕业就很多大单位来要人了,怎么着都要为自己的将来做个最好的打算啊。"哎!这个北大才女啊,她一直是我的榜样,一直是我膜拜的神。而我的父亲母亲就是把她看成是一个将来的我,一个未知的自己早早地就被父母们收入了囊中。这到底是可悲还是幸福?

我得向前冲去,我抛开了表姐的怜悯与光辉,再次向她挥了挥手:"再——见——了——"我看到了一个未知的自己。

她向我挥舞着双手,无比兴奋地朝我嚷:"小芳,杨小芳,过来呀,来这里,这里有阳光,有甘泉,有鲜花,还有很帅很帅的大帅哥……"

我感到了内心的澎湃,我的脸微微地发了热,我甚至还想起了那个高中时期给我递过情书的钟跃然,对那样的男孩,我居然能做到"两耳不闻窗外事,一心只读圣贤书"的状态。

那样好吗?不好!我现在终于觉得不好了,因为,就在今天,我突然觉得自己失去了一切,比如,快乐与青春。我用它们下了赌注,企图去换回一张一流本科的录取通知书。然而,这样的梦想却在瞬间化为乌有。

我不顾一切地向前冲去,终于摒弃了一双双叹息的眼睛,我看清了那个未知的自己。她居然是那么阳光,那么无所畏惧。一直以来的乖巧和温顺都没有了,她享受着三流大学里的一草一木和一枯一荣。

浮生若梦啊,绝对不只在今朝!我相信那个未知的自己。

嘴巴里的栅栏

游 睿

余轻骑属于官二代。余轻骑的父亲余博彦在一个机关当过几年二把手,虽然现在已经当了副调研员,但毕竟是小圈子里有些影响的人物。有同事早就给余轻骑预言说:"你呀,你爹迟早会为你拼一把,把你拼上领导岗位。"

余轻骑一直嗤之以鼻。

余轻骑嘴里有一颗往外歪着长的牙。这牙本无伤大雅,吃饭说话丝毫不受影响,只有在余轻骑哈哈大笑的时候,细心的人才会发现他的嘴里长着一颗几乎横着生长的牙齿。

　　事实上，无论是在单位还是在家里，余轻骑都是一个不爱打哈哈的人，余轻骑自己明白，不是他不愿意开怀大笑，而是他不能把缺点轻易暴露在别人面前。只要不大笑，其他人就看不到他这颗牙。

　　不大笑，并不是不笑。微笑和捂嘴笑自然是可以的。在单位里，余轻骑并不是一个压抑的人，相反，除了不能大笑外，他算得上是一个很阳光的人。到单位几年来，余轻骑和各科室交流甚多，午休时刻，工作之余，余轻骑总爱到其他科室串串门，无话不谈的同事也有一大批。在这些同事间，有什么事情一打听也就清楚了。当然，也总有同事们喜欢和余轻骑交流，也向他打听一些事情。一来二去，单位里的大事小事糗事就在同事之间传开了。

　　这天下班回家，父亲余博彦正在客厅里看电视。余轻骑凑近一看，不禁笑起来，原来余博彦在津津有味地看一部低幼段的动画片。这一笑，引起了余博彦的注意。

　　余博彦关了电视，说："你从小就不听话，换牙的时候叫你别用舌头去顶新牙，现在好了，横着一颗牙，多难看啊。"

　　余轻骑哑然失笑，脸僵住了，半晌才说："您怎么还看动画片呢？"

　　"还有几个星期我就退休了，看看动画片乐呵一下。"余博彦叹了口气说，"我老了，也就这样了。"

　　"刚六十就喊老，其实也就算中年。"余轻骑说，"我们单位有个副局长，就比您小两岁，前几天离婚了，还打算娶个二十多岁的姑娘呢。"

　　余博彦摆了摆手，说："老了就是老了。轻骑啊，你那颗牙真不好看，我给你约了个牙医，一会儿就到家里来给你看看。"

　　"这么急？"余轻骑觉得很突然。其实以前他也打算去把牙齿处理一下，但想想这么多年已经习惯了，也就没放在心上。

　　"也就是刚好碰到了，是我的一个朋友，老牙医了。其实人家平时很忙的，今天正好有空到家里叙叙旧。"余博彦说。

　　晚饭后，老牙医如约而至。在余轻骑嘴里一阵捣弄之后，牙医最后提出

了牙齿矫正方案:装牙套。不疼、自然,一年后去掉牙套,一口牙齿就漂亮了。

余博彦最后把关,说那就给他装牙套。余轻骑也没过多考虑,应了。

一副钢牙套就套在了余轻骑的牙齿上。余轻骑觉得浑身不自然,赶紧到镜子前一看,顿时后悔不已。这牙套装上以后,只要一张嘴,牙套立刻就暴露无遗。冰冷发黑的牙套与雪白的牙齿形成鲜明的对比,好似涂了一层黑黑的牙垢在上面。余轻骑觉得自己立刻变丑了许多。

"我得把牙套拆了。"余轻骑说。

"由不得你!"余博彦竟然有些生气,说,"你小时候不听话让牙齿变了形,现在还能不听话把它矫正过来? 你都三十岁了,还小?"

"这不关年龄的事。"余轻骑说,"我根本不适合戴这个。"

"忍一忍就过去了,一年时间嘛。"余博彦说,"就这样,不许拆!"

余轻骑拗不过父亲,牙套最终没能取下来。但从此余轻骑却多了个巨大的负担。以前横着一颗牙,最多也就是不能哈哈大笑而已,现在余轻骑只要一说话,暴露的就是一口牙。很长一段时间里,余轻骑只要一张嘴,立刻就意识到了牙套的存在,想到牙套,就不得不闭上嘴。

余轻骑为此烦恼无比。许多次他都想偷偷地把牙套弄掉,但想一想也就一年时间,加上碍于父亲的颜面,忍一忍就好了,他又努力说服自己放弃。

一年之后的一天晚上,已经退休的余博彦宴请余轻骑单位的一把手吃饭。餐桌上,余博彦携余轻骑举杯敬酒,对方连忙起身说:"老领导不必客气,轻骑觉悟很高,近一年来不断追求进步,处事成熟稳重,我们都看在眼里,这次任命他为科长,水到渠成而已。"

饭后,父子二人徒步回家。途中,余轻骑突然拉住余博彦的手说:"爸爸,我现在终于明白你的一番苦心,谢谢您。"

余博彦笑了笑,拍拍他的肩膀说:"你现在可以去把牙套卸掉了。"

"不。"余轻骑说,"当了科长,更用得着。"

笑靥如花

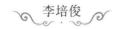

李培俊

自从收养了那个弃婴,如花的日子一下子从天上落到了谷底。如花是在妇幼保健院门口发现这个弃婴的,那是如花上班的必经之路,如花见大门一侧的台阶旁边,放着用棉被裹得严严实实的弃婴。那天早晨有薄雾,料峭寒风吹拂着花色被褥,上面落了几片干枯的柳叶。如花以为是谁家的被褥落在那里,于是近前,抱起才知道是个弃婴。如花放弃上班,把弃婴抱回家中。

弃婴是个女婴,小脸粉白,五官端正,笑起来挺迷人,和如花有点相似——也许,这正是如花不顾母亲反对,极力收养她的原因之一。闲下来的时候,如花常常想,这么好看的小丫头,父母咋舍得丢下不要呢? 直到一个月后,弃婴突然面色发紫,呼吸困难,急忙送进医院救治,如花才明白,弃婴患有先天性心脏病。

妈说:"哪儿抱的送哪儿去!"

如花说:"我不,小家伙冻坏了咋办?"

妈在政府部门工作,在副处的职位干了八年,正在上正处的紧要关头,突然冒出这种事,害怕别人瞎想,节外生枝,授人以柄。

妈说:"不是妈狠心,我见了这小家伙也心疼,可你得替自己想想,大姑

娘带着个孩子让人怎么想？知道的呢，说是收养的，不知道的呢，不定编出什么难听话呢。"

如花还是说："我不。"

如花说时，似乎在笑，很甜蜜的样子，两个小酒窝，像两朵这个季节的梅花，盛开在丰腴而光洁的脸腮上。其实，如花没笑，她就这种长相，笑时是笑，愤怒、悲伤、痛苦时也像在笑。前年父亲患癌症突然离世，火化时，如花心里苦痛，随父亲走的心思都有。可她脸上却是一副笑眯眯的样子。舅妈经过如花面前时，很响地呸了一口，以示不满。

妈的话当然有道理，而且十分充分，姑娘家家的，带个孩子，怎么解释？现在的人遇事浮想联翩，没事说成有事，小事说成大事，你说是捡的就是捡的？没准未婚先孕，孩子生下来了，想法遮掩罢了。

如花叹了口气，对妈说："要不这样，这孩子有先天性心脏病，咱把她病治好了再送走，行吗？"

妈答应了，她了解自己女儿，面善心慈。于是说："那就治吧。"

如花的男朋友小司也是个豁达人，帮着联系省城医院，托关系找了最好的医生为弃婴做手术。

做完手术已是下午四点，也就是说，七个小时，如花没有离开半步，没吃一口饭，没喝一口水，一颗心老悬着，七上八下落不到实处。直到手术做完，看到医生疲惫的脸上那抹笑意，如花悬着的心才落到肚里。

孩子手术非常成功，恢复得很快，养得白白胖胖，对着如花，不时绽出娇嫩的浅笑，那笑十分灿烂，笑得如花一颗心颤悠悠的。如花也笑，对着那张酷似自己的小脸，如花忘记了一切。

妈说："孩子的病治好了，这回你放心了吧，抽时间把小家伙送走？"

如花说："等等吧，过一段再说。"

妈说："还等什么？你知道不知道？我在单位的日子很不好过，见人先解释，我家姑娘捡了个弃婴。人家面上没说啥，可那讪笑却是大有深意，意味深长,一定是认为我教子无方,做出丑事来了。"

如花说:"这些日子,我和小家伙处出感情了,妈,咱把小家伙养下吧。"

妈说:"你说养下就养下? 小司这关怎么过?"

如花说:"那有什么,带着孩子出嫁呗。"

小司终于要和如花分手了,小司面色阴沉,一如当时阴霾的天空,能拧得下水来。如花和小司恋爱了三年,很是不舍。

"因为她?"如花指指怀里的孩子。

"不错,"小司说,"你考虑过我的感受吗?"

如花说:"那就分吧,不爱孩子的人,有什么可留恋的。"

如花说得很痛心,即便是痛心,如花脸上仍是那副笑靥如花的样子。

如花抱着弃婴去上户口,填写婴儿姓名时,如花想也没想,写上"笑靥"二字。

涉世·长途跋涉的苹果

大山里的男子汉

田洪波

直到进了山坳，王小萌还在心里不断问自己："去黄岭石村支教真的不是一时冲动？会受得了闭塞山区的苦吗？"可很快她释然了。王小萌本身就是从泥土里走出的大学生，在此之前她已经不止一次思考过这个问题了。

王小萌的老家就很闭塞，闭塞到村里人几乎没有见过火车是什么模样，家家都穷得一塌糊涂。当然，这些都没能阻止王小萌最终走出那个地方。毕业后摸爬滚打多年，王小萌已是城市白领一族，她没忘记农村上不起学的孩子。因此，当支教的机会摆在面前时，王小萌几乎没有片刻犹豫。她觉得，应该是她回报社会的时候了，这正如当年有人资助她实现大学梦想一样。

王小萌知道孩子们钟爱什么，她带了很多图书和学习用具，五花八门。她清楚，孩子们肯定没接触过那些东西，看了用了，那真是莫大的享受。那种心情王小萌也体验过。她肩扛手提，费尽周折，下车后一个人慢慢往山里的学校走。校长说过要去接她，王小萌拒绝了。她觉得自己还不至于那么矫情。

接近中午，王小萌才看到飘扬在学校上空的国旗。

校长领着全校学生已列队等在门口了，望见王小萌的身影，学生们呼啦一下跑向她，纷纷伸手上前帮她卸包。校长沟壑纵横的脸上也笑开了花，一面热情招呼一面拍起手。

　　学校广场不大,尘土飞扬。校长命令大家鼓掌欢迎王老师的到来,他脸上的笑就没停顿过,鼓掌也最响。王小萌也激动得满面绯红,即兴讲了几句。

　　校长要带她参观学校,王小萌执意先给孩子们东西。操场上一片欢腾。看着孩子们惊奇地瞪大眼睛的神情,王小萌的成就感涌上心头,这才答应跟校长四处看看。很快,她的成就感荡然无存。这里比她想象的要艰苦得多,条件简陋得无法形容。

　　是否冲动的念头又一次侵袭王小萌,但很快她又释然了,既来之则安之。比起他们的艰苦,自己过去受的那点罪简直不值得一提。校长最后带她到一间砖房,带着愧疚的神色说:"王老师,这是你的宿舍。条件不怎么好,对不住了!"校长后来又抱歉地说了什么,王小萌都不记得了。她浑身燥热,在屋子里转了半天也不知道该干点啥。

亲友的质疑声又响在耳畔,王小萌急速地摇头,想把那些杂音甩掉。她看到墙角有一张破木板床,决定就从它下手收拾。她要把它换个角度摆放。可她刚一动那张床,呼啦一声床头散架了。王小萌急忙去补救,床后角又跟着坍塌了。地上几乎就等于堆了一堆木头。王小萌傻眼了,拼凑了几次都没能修好。那一刻,王小萌无助,颓丧,她一下子坐在地上,无声地哭了。

王小萌没注意到,这时有几个男孩出现在门口,穿着邋遢的他们,很快明白了眼前的景象是怎么回事,互相使个眼色,悄悄走近王小萌:"王老师,我们帮你把床弄好吧?"

王小萌诧异地抬头,发现他们都在十岁左右,眼里的疑惑更深了。

他们中大点的男孩读懂了王小萌眼里的询问。他迅速为他们分了工,然后各自忙活起来。

不消半刻,孩子们找来了砖头、钉子、板斧、木锯,把王小萌看成一尊雕像。几个孩子各尽所能,像模像样地干起活儿来。其中有个小男孩,把一截铅笔夹在耳后,用眼睛瞄直线,把几根木头锯得有棱有角,比画了一下正合适。

一阵叮叮当当,尘土泛起,那张床居然修好了,而且看上去很结实。孩子们个个脸上见了汗,却笑得非常灿烂。王小萌眼泪溢满眼眶。十来岁的孩子,是如何掌握这些生活技能的?

王小萌感谢他们。几个男孩跑开了,留下一连串的笑声。

王小萌到院子里提来水,心情大好地擦拭屋子,甚至哼唱起歌来。不久,她听到门口又有响动,出门一看,刚才男孩们中的一个牵着一条大笨狗来了。笨狗虽然长得威猛,看上去却非常温和。男孩说:"王老师,我不知道你怕不怕狗,但我家虎子你不用怕,它脾气可好了,从来不咬人。让它给你看门吧。你不用侍候它,我保证每天给它送吃的。"

王小萌笑了:"你们家大人同意吗?"

还没等孩子说话,校长出现了,校长说:"我家的狗我说了算!"

王小萌鼻子酸起来,感激地冲校长点头。这时,她看到,有好多个孩子在冲她笑着,连远处的山也似乎在冲她笑。

　　本来计划半年的支教,王小萌最后在大山里待了一年多。走的那天,王小萌哭成了一个泪人。

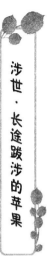

涉世·长途跋涉的苹果

追女孩的故事

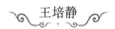

王培静

这是我和好朋友的故事。

那时我们都年轻,我和鲁一贤刚分来机关不久。那天是星期天,我们俩在食堂里刚买了晚饭要吃,进来一个个子高挑的女孩,留着长发,模样俊俏,鲁一贤的两只小眼都看呆了。他小声嘀咕:"这个姑娘不错,我去送材料时见过,是咱局里的秘书。"

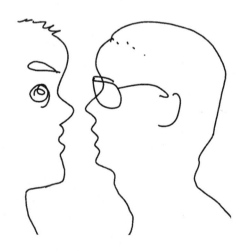

我鼓励他:"你去跟着她,看她去哪儿,没人时给她要个电话。"

　　我的个人条件比鲁一贤好,我一米八,他一米五八,我五官端正,他的五官好像都不在自己的位置。但他比我有才,会画画和写诗。他是我们单位小有名气的诗人。

　　这时那姑娘从窗口买了几个馒头放进包里,回身向外走。鲁一贤脸上有些为难地说:"这样不好吧,人家不理我怎么办?"

　　"你还诗人哪。追女孩,脸皮就是要厚。过了这村,就没这个店啦。"这话我是从杂志上看到的,现学现卖。

　　女孩出门时,好像是向他们这边看了一眼。我接着说:"兄弟,别犹豫不决了,快,跟上。"

　　鲁一贤咬了咬牙,站起身,我使劲拍了两下他的肩膀,算给他加油。

　　女孩在前面走,他在后面跟着。女孩转弯,他也转弯,女孩出了院门,他也出了院门。女孩到了公共汽车站,他在不远处站着。来了一辆车,看女孩的脚步动了,他跑了几步,到车前时司机已经关了门,他拍了两下车门,司机又开了一次,他才上了车。售票员让大家买票时,他掏遍身上所有的兜,坏了,忘带钱包。这时,他急中生智,指了指站在不远的女孩小声说,和她一起的。

　　售票员走到女孩跟前说:"买票,两张。"

　　女孩问:"为什么?"

　　售票员用嘴巴示意:"那位不是和你一起的?"

　　女孩向这看,他向女孩笑着点头。女孩替他买了一张票。

　　这事肯定砸了。他心慌得不行。

　　女孩下车后,他跟着下了车。他本不想再跟下车的,可兜里没一分钱,回不去了。

　　女孩问他:"你跟着我干什么?"

　　"我,我没别的意思。看天黑了,怕你回家路上不安全,就想偷偷送送你。没想到兜里没带钱,不好意思,还让你给我买票。"

女孩突然笑着说:"你来送我,我给你买张票,也是应该的呀。"

看他囧在那儿,很尴尬的样子,女孩接着说:"刚才没吃饱饭吧,我也饿了,能不能陪我去吃碗面?"

"太能了。可我……"

"没事的,还是我请你。"女孩笑得很甜。

俩人一起走进了一家小面馆,一人要了一碗面。

女孩说:"我知道你,你不是环保科新来不久的那个诗人嘛。"

鲁一贤心里暗喜:"你知道我?我回去连夜就写首长诗送给你。"

吃完饭出来,女孩说:"我前面就到家了。你回去吧,给你十块钱,回去坐车。谢谢你送我。"

鲁一贤接过钱说:"我明天还你。"

女孩说:"不用还。但你别把今天送我的事说出去,我男朋友可是个小心眼。"

鲁一贤回去的路上想,就我这条件,怎配得上人家这么漂亮的姑娘?几年后,已是秘书科长的鲁一贤在我和女孩的婚礼上才知道,女孩的母亲是上级机关的董副司长。董副司长笑着小声对他说:"小鲁,你不知道,我女儿当时看上的可是你哟,可你们没这个缘分啊。"

缝纫铺女孩

明前茶

　　"要不是死心塌地想看看我错过的大学是啥样,也不会来这里开缝纫铺。"在我抱怨外面的天气有35℃,缝纫铺所在的铁皮房里有45℃时,埋头缝纫的女孩仰起汗津津的脸来说,"姐,你坐到风扇前面来,喝口我凉的大麦茶,心静,自然会凉。"

　　女孩二十四岁,姓罗,家在僻远的乡里,父母靠种油菜和水稻过活,六年前高考只考上了三本,学费比考上一本二本的同学高出了一大截。家里准备借钱给她上学,她说要考虑一下,便一个人戴着大草帽到水田里收了三天的早稻,等于在汗水里浸了三天,在泥水里蹚了三天。第三天,她的肩膀和两条手臂开始热辣辣地蜕皮,她就想,如果她念大学的话,这样的日子她年近半百的父母还要苦熬四到七年,而她下面还有一个弟弟,那对父母而言将是双重的重负。她终于放弃了,理由简单得让人心疼:"我成年了,想让我妈过得轻松些——我看她头发都愁得掉了不少,头顶的头皮都露出来了。"

　　她学了缝纫,并执意把缝纫铺开到她当年心仪的大学旁。从铁皮房后门望去,近在咫尺的就是校园的通透式围墙,里面是学校的大草坪和网球场,远处是攀满长春藤的有一百年历史的标本展示楼,还有钟楼的尖顶在闪闪发亮。小罗说:"听到那钟声传过来,会在心尖上嗡嗡作响好一阵子,一开

始,人会走神,缝纫机的走针还会扎到手。"

隔着一道围墙,就是两样人生了。"小罗,你后悔不后悔为家人所做出的牺牲?"小罗瞪圆了她的眼睛:"我没觉着委屈,我现在自己养活自己,还能负担弟弟的开销,很自豪。一个人想成为啥样的人,应该由自个儿做主。这个,我做到了。"

小罗的缝纫铺里,高挂着做好了还没来取的衣服,一二十件大尺码的印花袄裤和旗袍,还有手工缝制的白衬衫和小西装。趁着没有客,她一一指点给我看:"白衬衫和小西装是大四的学生提前在我这里做的,等着出去当'面霸'。熟客我就叫她们全寝室一起来,瘦女孩们合做一身,丰满的女孩合做一身,我也有这个本事,能让她们一伙人轮着穿出去都合身。印花袄裤和旗袍,都是给奶奶辈的家庭主妇们做的,她们才是我这个铺子的常客——年轻女孩大部分衣裳都网购了,年纪大了,商场里、网店里都买不着合适的衣服了,才会到我这里做。"

正说着,来了两位六十岁上下的阿姨,商议要买小罗铺子里的碎花布做一身休闲袄裤。"要在家也能穿,出门上老年大学的书画班也能穿,去公园跳个舞,也不丢份的。"

小罗强烈建议她们大胆点,选妖娆的大朵印花,带点抽象效果的:"袄裤

你们在我这里做几身了,做一身齐膝的旗袍吧,穿起来跟大使夫人一样大方。"

阿姨们脸上露出了羞怯和向往交织的复杂神情,小罗再次鼓励她们:"一辈子没穿过旗袍没有关系,当了奶奶还能尝试的事情多着呢,阿姨,你可以试一试的,在我这里做衣服的一位老护士长,做了六身旗袍,各种风格都有。她七十六岁了,前阵子还上了杂志呢。"

见其中一位阿姨点了头,小罗先用白棉布替她围裹出一个基本的轮廓来,我吃惊地看到,这竟是这个缝纫铺女孩特别的量身方法——她以二三十枚回形针,和一套独特的折裹方式,眨眼间就围裹出老阿姨穿旗袍的模样来。阿姨整个人马上少了那种松垮下垂的无奈劲儿,变得身腰挺直,昂首挺胸。小罗不停地指点她:"阿姨你把肩展开,下巴往回略收一点儿。您走走看,要感觉自己的后背有一条线在往上拎,别担心,我已将尺寸都给您松开了一丝儿,让您跳起扇子舞来也不觉拘束。可您记着了,以后太大尺码的衣裳别穿了,不能给自己借口,把咱心气高傲的那股劲儿全松了。"

把围裹的白棉布解下来,小罗用滑石粉在别回形针的地方做记号。我忍不住赞她:"在香港,给明星做礼服的邓达智也是这样量体裁衣的,你学得很像呀。"

小罗说,她的梦想,就是开缝纫铺攒一笔钱,去大学进修,把立体打版和手工缝纫的精华给学了,以后开间更大的店。"你看钟楼后面,那栋有八根廊柱的大楼就是服装系的大楼,我离我的梦想很近了。"

落　拱

赵悠燕

"明天就是中秋节了，放假一天，大家回去和家人过个团圆节。船，村里会安排好，吃过午饭就走。"陈校长结束会议前宣布。

米海松开心得几乎要笑出声来，他们这个扫盲组已在田浪村蹲点了一个月。这一个月里，他们白天晚上都教课，有时还要下到船上辅导渔民学习识字。

田浪村是个悬水小岛，岛民以渔业为主，兼作农业，因地处偏僻，生活普遍很穷。米海松来自县城，虽然不是大城市，但这个渔村的简陋和落后还是让他吃了一惊。

吃过中饭后，村主任来了，他说："下午可能要刮大风，是不是不走了？"

陈校长看了一眼大伙儿，对村主任说："两个半小时的水路，应该不碍事吧。"

米海松说："回去我要好好洗个澡。"

田浪村缺水，他几乎有一个月没洗澡了。

有人说："我要让老妈给我炖红烧肉吃。"

大家七嘴八舌地说着。

村主任说："看样子留不住你们，幸好，杜海是个有经验的船长。"

米海松兴高采烈地跟着大伙儿跳到了船上。放好行李，他踱到船舷边看了一会儿海。海面浊浪翻滚，海鸥飞翔在海面上，船在泛着白沫的海浪中向前行驶。

米海松想，这风也不大啊。他看了一眼手腕上的上海牌手表，船已经开了半个多小时，再过两个小时就可以到家了。

杜海船长在驾驶舱里喊："米老师，去舱里睡一觉吧，船还要开好一会儿呢。"

米海松答应着，他脚站得有点儿酸，便返回船舱。陈校长和同事睡在狭小的船舱里，两边是渔民的卧铺，只有半张门板宽。米海松看着积满油渍和看不清颜色的枕头被子，皱了皱眉头，还是睡下了。

不知睡了多久，米海松迷迷糊糊中被鞭炮炸醒。他想：又不是过年，怎么会有鞭炮声？又想：不对啊，海上怎么会有鞭炮声，难道船靠岸了？

过了一会儿，陈校长钻进船舱来，船长说："这鞭炮声是预报大风要来，叫船快点儿回港避风呢，这前后都不着地的，船只能往前开了，希望能平安顺利到达。"

大家面面相觑，都不敢说话。一会儿，风果然渐渐大了起来，船开始颠簸。船一忽儿被海浪举起老高，一忽儿又深深地沉了下去，舱面上的东西被刮得噼里啪啦直响。

米海松是第一个吐的，他的胃翻江倒海似的难受，终于熬不住，吐得稀里哗啦。这下，似乎摁下了连锁开关，船舱里响起此起彼伏的呕吐声。他们这帮师范生，参加工作不到一年，平常又不锻炼，体质当然弱了。倒是陈校长还硬撑着，给这个倒水，给那个擦脸，在风浪中忙得跌跌撞撞。

风浪越来越大，船像个醉汉在海洋里弯弯曲曲地走"之"字形，海水不断漫过船舷涌到船舱里来。米海松听到船长声嘶力竭地喊着："这样下去船要崩壳，快点落拱！"

米海松已经把中午吃的食物都吐光了，现在在吐黄水。他不知何为落

拱,但听船长的口气,那是一种破釜沉舟的做法。

有人在喊:"大慈大悲救苦救难观世音菩萨救命!"

有人号啕大哭,米海松想起爹娘,心想这一次是不是命中注定要阴阳两隔,热泪禁不住涌了出来。

他听见船长大声呵斥着伙计:"不许哭,哭了脑子要发昏。做好准备工作,立刻落拱。听我命令,一、二、三,推起,下拱!"

米海松看见自己吐出了一大口鲜血,然后昏了过去。等他醒来,船已经靠岸,外面,天色漆黑一片,两个半小时的水路他们整整开了近十个小时,到达时,已是半夜。

后来,米海松他们在陈校长带领下去杜海船长家吃饭。豪爽热情的船长烧了整整一大圆桌菜,全是海鲜。

米海松问:"你在船上说落拱,是什么意思呢?"

船长说:"将船一百八十度掉头,再将一条结实的缆绳捆住网具抛下海中,这样,船头就顶着风浪随波逐流。那也是没办法的办法,最危险的是在船掉头时,海浪横向连续不断打来,一浪就可以把船打翻。所以我要大家镇定,落拱时齐心协力,幸亏后来风浪渐渐小了,大家命大呢。"

陈校长说:"大难不死,必有后福,我们一起敬船长。"

这一刻,米海松明白,是杜海船长的临危不乱和高超的驾驶技术救了全船人的性命,他站起来,恭恭敬敬地敬了船长,然后一口喝干了杯里的酒。

想你给我写封信

汤　斌

　　初中毕业那年我十九岁,偷偷喜欢上班里的霞。霞很漂亮,瓜子脸上有双水灵灵的大眼睛,一米六的个头,亭亭玉立。只是霞是城里人,父母是公社粮站的职工,而我父母只会修理地球。恋上她,无非是我做的一场春秋大梦——癞蛤蟆想吃天鹅肉!

　　年底,我报名参了军,许多同学给我送来了贺礼,有笔记本,还有钢笔、毛巾什么的。霞也来了,那天的天气特别好,金灿灿的太阳像花一样艳丽,霞也像花!她送我一支钢笔和一个笔记本,我特别激动,给她冲了碗糖开水,然后和她面对面说话。

　　她鼓励我:"在部队要好好干,给同学争光。"

　　我满脸堆笑,说话柔柔的。我说:"我会的,早日入党,早日提干。"

　　那时农村人找出路,当兵是唯一的希望。我特激动,竟握住她软绵绵的手,心跳如鼓!她没拒绝,低着头,脸上像突然落上了两片红霞,美丽极了。

我结结巴巴地说："我要是提干了，就和你处对象。"

她点头。我得寸进尺，让她送我一张照片，她犹豫片刻后也答应了。

离开家的那天，我们在公社大院集中，霞匆忙赶来，送我一张照片，黑白的，有两寸大小，她站在一棵白玉兰树下，笑容可掬。我小心翼翼把照片装进钱包最显眼的地方，说："到部队就给你写信。"

霞点头，说："好好干，我等你……好消息。"

到了新兵连，我迫不及待给霞写了信，告诉她我一路上的情况，还雄心勃勃地表了决心。信发出后，我就数着日子等霞的回信。

这期间，班里的战友看到我钱包里霞的照片，问她是谁，我自吹说是我对象，战友满眼的羡慕，说霞和仙女似的。我得意，心里更急切盼望霞的回信，只要收到霞的来信，我炫耀的资本更大了。可这种期望一直延续到新兵连结束，也没收到霞的回信。我失望极了，难道她没收到我的信？

下到连队的第一天，我又给霞写了信，汇报我在新兵连的情况，又表了次决心，信的最后我写道："我时刻等待你的回信，心碎了，眼也望穿了！"

信发出后，我真的就望眼欲穿，一个月过去了，杳无音信，我想，信可能在路上了。随后我天天跑连部，每次都失望而归。不知不觉过了三个月，班里的战友说我吹牛，不知在哪儿弄来张女人照片，硬冒充自己的对象，无耻！我死鸭子嘴硬，说霞就是我对象。

战友说："怎么没见她给你写过信？"

我说："可能她没……收到我的信。"

说这话连我自己都不信。

战友笑了，说："你惨了，她看不上你这个小兵了。"

我哑口无言，纠结了几天，突然有了主意。我是汽车兵，经常出车。这天，我从连部拿回一封信，信封下的地址是"内详"。在部队，这样的来信常见。我有意躲在一边看，脸上洋溢着快乐的笑。

战友很快发现了，问我谁来的，我说霞。战友就来抢，抢到后便大声念起来,像"喜欢""心里想你"这样的话最让人开心。战友说我艳福不浅,还让我选个时间叫霞来部队玩,让大伙一饱眼福。

我说:"别看到眼里拔不出来了。"

说这话,我心里是虚的,殊不知这信是我写给自己的。从此后,我每月都能收到"霞"的来信,每封信里都有"想你"的话,我想,这话要真是霞说的该多好。

我虽然一直没收到霞的来信,可还是每隔一段时间就给霞去封信,我想这样坚持下去,说不定就会打动她的心。

转眼我当兵到了第四个年头。我有探亲假了,计划在春暖花开的时候请假回去,就把这消息告诉了霞。这次我不指望她回信,反正不久我就能回去,看她时,我要问她为什么不给我回信。

我盼着这一天快点到来。可春节刚过,一场暴风雪突然袭击了内蒙古,一夜间的雪竟下了一米多厚,许多牧民被困在冰天雪地里。我们连接到命令,前去救灾。茫茫雪原,是一望无际的漫天雪花,我们驾驶汽车,每天在狂风暴雪中寻找被困的牧民,为他们送去粮食和草料。一天,我在途中救起一个被冻僵的牧民,解开衣服,紧紧抱着他,我用自己的热身子救活了他,自己却被冻伤。

因此,我荣立了二等功。一个多月后,我们完成了救灾任务。没想到,我一到连队就收到霞的来信,这让我特别激动,撕信封的手都在颤抖。展开信笺,上面只有一行字:"别来打扰我,我俩的差距太大!"

看后,我心里酸酸的,可我还是笑了。

——盼望已久,霞,终于给我写信了。

涉世·长途跋涉的苹果

大卫窃书

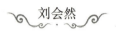

刘会然

一、二、三、四。一、二、三、四……

四本书终于都回来了，大卫却笑不起来。抚摸着书的封皮，一股莫名的酸楚涌上大卫的鼻尖。

还是数天前，业余爱好写作的大卫出版了第二本个人专著。单位同事听说大卫又出版新作了，纷纷前来祝贺并索求大卫的签名著作。但大卫一一拒绝，理由是出版社给的样书太少，实在抱歉。大卫为自己的借口心慌，但大卫也清楚，同事们嘴上虽然都说要拜读自己的大作，其实呢？

大卫还记得第一次出书时,兴奋过度的他见人就大方地赠送一本。

几天后,大卫经过单位的会议室,他看到清洁工把大量的废弃报刊扔进了垃圾桶,大卫也看到了自己的新书混迹在垃圾之中痛苦挣扎。一天,大卫路过一个旧书地摊,猛然间发现一本封面污浊不堪的书籍和自己的处女作相似。拿起一瞧,正是自己的书,扉页上还清晰地留着自己的签名,大卫羞愧不堪。

想不到自己的"孩子"会是这样的下场。大卫决定以后再也不赠送书给别人了……

"大卫,恭喜恭喜!"大卫经过单位办公室的时候,办公室李主任高兴祝贺道,"祝贺新作出版,送我一本签名本让我拜读一下,如何?"

大卫本想拒绝,但一想,办公室主任负责单位的考勤,得罪不起啊。大卫记得同事阿杜有一次没有让李主任搭顺风车,李主任每次都趁阿杜上厕所的时候来查岗。结果,阿杜好几次都被作旷工处理,这真是有口难言。

无奈,大卫只好回到办公室,把著作签好名后送到李主任手里。李主任高兴地说:"我一定好好拜读,好好拜读。"

大卫还没有回到办公室,王副厂长就迎面走来。王副厂长笑嘻嘻地说:"大卫啊,新作出版了,送一本给我学习,如何?"

大卫本想拒绝,但一想到王副厂长负责单位的财务审核,每次出差报销都要找王副厂长。大卫记得办公室的阿迪上次因为小事得罪了王副厂长,手中好有几张发票都还没有报销呢。

大卫赶紧回到办公室,马不停蹄地把书送到王副厂长手上。

大卫暗暗发誓,不能再送了,每送一本就像贩卖一个自己的亲生孩子,心痛啊。

不巧,张副厂长在过道里叫住了大卫,张副厂长说:"王副厂长说你的新作送了一本给他,对吗?"

大卫一想,张副厂长虽然不是自己的主管领导,但人家也是副厂长,再说,厂里就两个副厂长,你送了王副厂长,不送张副厂长,这不明摆着是轻视

人吗？大卫只好匆匆跑回办公室,拿了一本签名书给张副厂长。

回办公室的路上,大卫又巧遇吴厂长。大卫赶紧笑脸相应,说:"我的新著出版了,我马上给你送书过来,请吴厂长多指导。"

吴厂长惊讶道:"大卫又出版新著了?那真是我们厂的骄傲啊。你的新著我一定要好好拜读,好好学习。"

送出四本新书后,大卫真是百感交集。夜里,大卫都挂念着这几本送出去的新著。大卫想,要是当初不把书送出去就好了,省得如此煎熬和难眠。可不送,行吗?

如何才能不煎熬难受呢?突然,大卫冒出一个大胆的想法,把送出去的四本书窃回来。大卫想起孔乙己说过,窃书不算偷,再说,偷自己的书总不算犯法吧?

说干就干。第二天,大卫细细观察李主任、王副厂长、张副厂长和吴厂长的动静,只要他们离开办公室,自己就好溜进他们办公室。很快,大卫乘机溜进了李主任的办公室,在沙发上窃回了自己的书;很快,大卫乘机溜进了王副厂长和张副厂长的办公室,在茶几上窃回了自己的书;很快,大卫乘机溜进了吴厂长的办公室,在报纸堆里窃回了自己的书。

虽然每次出没领导的办公室都胆战心惊,但能窃回自己的"孩子",大卫还是十分满意。但让大卫恐惧的是,领导们发现书丢后咋办?

一周过去了,李主任看到大卫,说:"大卫,你的书写得真好,我每天都会看上几页。"

两周过去了,王副厂长和张副厂长遇到大卫,说:"大卫,你的书写得真是太好了,我们都珍藏起来了。"

三周过去了,吴厂长碰到大卫,说:"大卫,你的书我昨天又翻读了一遍,每次都能给我新的启发,真是好书啊!"

听到领导们的夸耀,大卫想大笑,但却怎么也笑不出来。大卫每次都是恭谦地站在领导面前,说:"感谢领导的指正!"

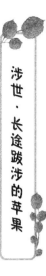

打靶归来

王庆高

"日落西山红霞飞,战士打靶把营归……"两列战士肩挎冲锋枪,扛着靶子,迈着整齐的步伐,雄赳赳气昂昂地向营房走去。

队伍里,李甲和李乙并肩走着。李甲拿着靶纸,随着节拍跟着队伍唱着嘹亮的歌声。然而,他的神情有些紧绷,好像把自己的一切情绪都禁锢着,面无表情自顾自地走着、唱着。李乙却与李甲截然相反,显得格外兴奋,歌声格外响亮,步伐格外有力,甩臂也格外用劲儿,他的每一个毛孔都张扬地散发着奔放的热情。行进中,他还时不时有意碰一下李甲的衣袖,眼睛兴奋的余光扫一下李甲,骄傲地挺一挺胸脯。

李乙赢了李甲,打靶得了全连第一名,而李甲在十名之后。

这次实弹射击成绩,是李乙自入伍以来第一次超过了李甲,李乙靶纸上十发子弹三个单发全部命中十环,三个点射没有一发脱靶,共命中九十五环,冲锋枪打到这个份儿上的确是好成绩。怪不得李乙得意扬扬呢。

李甲和李乙是一对双胞胎,去年响应国家号召,双双应征入伍来到了特务连。李甲是哥哥,李乙是弟弟。两个人虽然是双胞胎,可两个人的性格完全不一样,李甲不苟言笑,宽厚持重;李乙性格张扬,奔放外露。军事训练中李甲虽不及李乙理解得快,但稳扎稳打,基础很牢,每次打靶都名列前茅,擒

拿格斗特务训练更不在话下,可以说是连队的训练尖子。李乙也不落后,军事训练理解得快掌握得快,擒拿格斗特务训练和打靶也都还可以。可是,李乙始终没有超过哥哥李甲的成绩,这让李乙心里很不快活。

李乙背地里找到哥哥李甲说:"你当的什么哥哥?你就不能让弟弟一次吗?"李甲看了弟弟李乙一眼,一言不发。

眼看两年义务服役期即将期满,李甲的入党申请连队党支部已经批准,就是说,李甲已经成为预备党员了。而李乙的入党申请还搁在那儿,不知道猴年马月才能被批准。李乙对哥哥李甲更是耿耿于怀。李乙没处说,动不动就打电话向家里妈妈告状。

兄弟俩都是妈妈的心头肉,妈妈舍了哪个都心疼。妈妈就打电话给李甲说:"你就帮帮你弟弟,让他也赶快进步进步。"李甲说:"放心吧妈,我会帮他的。"

李甲真的帮起了李乙,擒拿格斗一招一招地教李乙练习,冲锋枪射击的动作要领一遍一遍地给李乙讲解,李乙理解和掌握都不成问题,只是一个动作一个动作训练缺乏苦劲和持恒,这让李甲很头疼。

李甲对李乙说:"我只能教到这个份儿上,训练的刻苦程度咋样完全靠你自己,我也代替不了你。"李乙不虚心也不领情,翻着眼问李甲:"你是不是压根儿就不想让我超过你?"李甲耸耸肩,莞尔一笑,没啥说。

后来,连队里也有人议论开来,传到了我这个副连长耳朵里,说李甲自私,根本不教他弟弟绝招,要不,李乙怎么总是超不过李甲?

接着,妈妈又给李甲来电话了,说:"李甲咧李甲,李乙好歹是你亲弟弟,你怎么不教他绝招呢? 他超过你有啥不好啊?"

李甲电话里百口难辩地喊了一声:"妈……"

年底,连队组织冲锋枪实弹射击,李甲担任报靶员,他先行射击之后就到靶壕里执行任务,一直将全连战士的打靶成绩报告完,才将一张张靶纸拿到我的面前来"验明正身",因为我主持这次实弹射击。没错,李乙的靶纸上有实实在在的十个窟窿——六个十环,三个九环,一个八环,共计九十五环。是全连第一名的成绩。

李乙在全连得到了表彰。战友们都恭贺他终于超过了哥哥李甲,说哥儿俩都是好样的。李甲也向他祝贺说:"欢迎你超过我,向你学习!"

"哪里哪里。"李乙嘴上说着,脸上的矜持神色仍然堆积着。

风平浪静一段时间之后,突然又掀起了波澜。年终评选"军事训练标兵"的时候,全连多数赞成评选李甲,说李甲军事训练综合成绩优秀,军事素质过硬。而李乙等人不同意,说李甲年终冲锋枪射击成绩不优秀,不应该当标兵。言外之意很清楚。

争执得最厉害的时候,连队文书看不过眼去,突然站出来说:"李乙啊李乙,给你个棒槌你还当真(针)啊,你的靶纸李甲给你调换了你知不知道?"

李乙顿时哑巴了。全连鸦雀无声。

李甲面红耳赤地站起来,惭愧万分,检讨说:"我不该弄虚作假让文书调换射击靶纸,以这种方式帮我弟弟。这个标兵我不能当,我不够格……"

"你、你怎么能这样呢? 叫我的脸往哪儿搁?"李乙站起来责怪哥哥道。

李甲惭愧地无地自容,喋喋不休地说:"我检讨我检讨……"

阿雅的爱情

夏一刀

阿雅的婚事成了父母的心病,读再多的书又有什么用? 长得再美又有什么用? 看着已经二十七岁仍然形影孑然的阿雅,父母长吁短叹。

阿雅不免也心情落寞,对月伤怀,郁郁寡欢起来。

但毕竟,婚姻讲究一个缘字,强求不得。

阿雅教书,到了周末,也没有好去处——她没有真正意义上的朋友。好在她弹得一手好琴,这样,不至于百无聊赖,度日如年。

一个春雨如诗的黄昏,阿雅撑着一柄花伞走进了街心花园一角的梨园。

小桥、流水,亭台、茅舍,梨花开处,落英如雪。阿雅沿着一壁蔷薇篱笆往前走,到了一方池塘边。池塘的中间,九曲木桥连过

去,有一幢黑黑的木屋,那是市古琴协会的活动基地,门楣上挂着一块古拙的牌匾"知音舍"。

阿雅在木桶里沐浴,浴毕,她从属于自己的小衣柜里拈出一叠皂色的衣衫——那是一套汉服。阿雅深深地嗅了嗅衣服,然后穿戴整齐。头发在后头挽一个髻,用一只檀木的钗插着。最后阿雅再一次净手,焚香、点烛在琴台上。木屋里顿时烛光摇曳,檀香四溢。凝神片刻,阿雅突然一抬手,在琴弦上一抚,丁丁冬冬,如一串玉珠落入银盘。顷刻间,阿雅的手舞动起来。琴声便像水一样流淌了。

演琴完毕,阿雅从"知音舍"出来,猛然发现九曲桥头站着一个人。阿雅有些心慌,匆匆地从那人身边走过时,禁不住扭头看了一眼。那是一个年轻的男子。

"你在这儿干什么?"阿雅问。

"听你弹琴。"男子说。

阿雅心里一暖,问:"你听出我弹了什么?"

"凤求凰。"男子说。

有一丝春雨落进阿雅的心里。阿雅哦了一声,慢慢地走出了梨园。到门口,阿雅假装很无意地猛然回了一下头,当她发现身后只有如织的雨帘时,心里不免有些莫名的滋味,复将身子转过来朝梨园里张望。

男子又一次来听琴时,阿雅把他请到了屋里。男子毕业于大学器乐系,懂琴、也会弹琴,技法虽然不像阿雅炉火纯青,但也相当纯熟,不是高手,很难听出其中的瑕疵。

一来二去,阿雅和男子相恋了,男子叫阿水。阿水从背后搂住阿雅,将嘴贴到阿雅的耳根:"阿雅,明天我朋友的爸爸六十岁生日,你和我一起去吧。"

阿雅没有想到,阿水将她领到了全市最豪华的酒店。酒店里人头攒动,熙熙攘攘。寿星脖子上挂着一根巨大的黄金项链,坐在一把太师椅上接受

着一拨又一拨人的祝福。

阿水的朋友天佑走上舞台，拿着麦克风兴奋地喊道："各位领导，各位商界精英，各位亲朋好友，感谢大家百忙之中给我父亲祝寿，为了感谢大家，现在我隆重地邀请我们柳城之花、古琴名媛阿雅小姐给大家演奏一曲。"

阿雅这才看见，舞台中间已经放好了一张古琴。

阿雅正尴尬着，阿水跑过来低声地说："阿雅，天佑的爸爸是柳城首富，企业家协会的会长。你无论如何要给我面子。"阿水低着声音，语气里透着乞怜。

阿雅红着脸说："琴棋书画，琴是大雅的东西，这么嘈杂，哪来意境，对谁弹？"

阿水说："你别管什么意境二境，对着麦克风弹就是了！他们听不懂的，他们也根本不会去听，他们的目的只不过是附庸风雅，往脸上贴金。"

阿雅几乎被天佑硬架着按到了琴椅上。天佑大声宣布："现在，请大家欣赏——《恭喜发财》。"阿雅的身子猛然一歪，几乎被这个声音击倒，她僵在那里。

阿水的脸也红了，踌躇了片刻，还是把嘴俯在阿雅的耳边："阿雅，人家答应给五千块钱的。算了，阿雅，为了我们以后的前途，开始吧！"

阿雅的手颤抖着，像被雨水打湿了翅膀的蝴蝶，怎么都飞不起来。阿雅在心里叹了一口气，扬起手来，只听得叮咚一声，一根琴弦断了。断了的琴弦像瓜蔓一样卷到了琴身的一端。

阿雅摊了摊手，起身朝下面的人群深深一揖，然后头也不回地走出了酒店。

阿雅回到"知音舍"，心乱如麻。她长长地叹了一口气，然后沐浴、更衣、焚香，坐在琴台边，纤纤玉手像蝴蝶一样飞起来。琴声水一样流淌，绕进她心里，又从她眼睛里流出来，湿漉漉的。

这是一曲《高山流水》。一年后，阿雅嫁给了天佑。

商业机密

汤　雄

　　小赫进公司已有三年，可是月薪总是不见明显增长，每年就加那么十几元，慢得像蜗牛爬。小赫实在忍不住了，就向凌阿姨旁敲侧击，说他不但担任了公司财务统计，还兼任公司仓库材料会计，工作量这么大，可月薪就这么一点，小日子难过。言下之意：请凌阿姨给他加薪。

　　凌阿姨听了，就笑着对他说："你的月薪已是全公司所有员工中最高的了！"凌阿姨要小赫知足。小赫自是不信，就壮起胆子问："那么，和我一起进公司的那几位同事的月薪也这么多吗？"凌阿姨听了，脸上的笑容就消失了，她就严肃地对小赫说："这是公司的商业机密，不能告诉你的。"

　　可是，小赫才不相信呢：凌阿姨是公司董事长夫人，她说话办事，胳膊肘儿不向她老公那边拐才怪呢！能从员工身上多剥削一点是一点。

　　但是，不相信又有什么办法呢？凌阿姨不但是老板夫人，而且还是财务部总监兼出纳，员工们每月的工资，都由她亲手发放，不用谁插手。尽管小赫和她坐在一个财务部，可是小赫坐最北边，凌阿姨坐最南边，而且是面对着小赫坐的，所以小赫别想看到她所说的"公司商业机密"了，就连她面前的电脑显示屏也看不到！这叫他怎么相信自己的月薪是全公司员工中最高的呢？

为此，小赫曾想办法偷看那份工资表。但令他痛苦的是，凌阿姨每月在电脑上制作完工资表后，只打印一份，交给老公过目后，就照着表格上的数据，把每个员工的月薪装入信封，再逐一通知大家届时前去领取。发放完工资后，她就干脆把那张工资表塞进坤包一并带回家去了！

凌阿姨越是神秘，小赫就越是不相信自己的月薪是全公司最高的；越是不相信，他就越发要想方设法、绞尽脑汁地偷看到那份"商业机密"。

他曾在凌阿姨有事没来上班的那天，偷着打开她的电脑。可是，令人叫绝的是，狡猾的凌阿姨每次都是在 Word 上制作工资表的，而且是随写随删。工资表打印出来后，她就立即把 Word 上所有的文字全部删除了，来了个毁尸灭迹！这下，别说在电脑上查到任何痕迹了，就连她什么时候上的电脑也一时看不出来！

然而，狐狸再狡猾，也斗不过好猎手；凌阿姨再聪明，也玩不过这位计算机本科毕业的小赫。功夫不负有心人，终于有一天，小赫灵感迸发，有了妙计。

又到了月底发放工资的时候了。这天，凌阿姨又趴在电脑前精心炮制那份公司全体员工的工资表了。将要下班的时候，估摸凌阿姨手中的那份工资表炮制得差不多的时候，小赫果断采取措施，以最快的速度，把一根铜丝插进了那只组合电源插座上的两个插孔里。顿时，整个办公室的电源因短路而瞬间切断了，电脑荧屏上一片黑暗。

果然，凌阿姨第一个叫了起来："哎呀，怎么停电了？我这份工资表可刚做好，还没来得及打印出来呀！小赫，你快去查查，哪里出故障啦？"

就查就查。小赫一边应声答应，一边装模作样地站起身，在办公室里东看西望地胡乱转悠了起来。当然，突然停电跳闸的故障是绝对查不出的。故障查不出来，下班时间却早过了一会儿了。于是，凌阿姨长叹口气，无可奈何地拿起坤包，离开了办公室。一边走，还一边摇头叹息："真是倒霉，一个下午的工作全部泡汤了，一切只好明天重新再来了。小赫，下班吧。"

"好的好的。"小赫一边应着,一边磨磨蹭蹭地整理开了自己的办公桌,同时斜着眼睛透过窗户居高临下地向楼下的停车场扫描,直到亲眼看见凌阿姨拉开轿车门坐进车内,开着车一溜烟离开公司之后,他才按计划投入了紧急行动:他先迅速修复了短路的电源触保器,让办公室里恢复通电;再一头扑到凌阿姨的办公桌前,打开了那台藏有凌阿姨"商业机密"的电脑。

电脑打开后,荧屏上即刻跳出一排提示:"是否回到意外关闭?"

当然要回到意外关闭!精通计算机业务的小赫要的就是意外关闭前的那个 Word 页面!鼠标轻轻一点,果然,一份全公司员工下月的工资报表就一字不漏地全部展现在了眼前。

小赫只一目十行,就把他所需要知道的内容全部了然于胸了。

全部了然于胸后,小赫就只感到百感交集,一半是欣慰,一半是无奈:欣慰的是他分明看见自己的月薪数据,果然要比其他几位和他一起进公司的同事高出那么十几元;无奈的是自己的劳动报酬依然如故,没有分文增加。

但不管怎么说,自己的月薪毕竟比他人高出了那么一点,所以小赫的心里也就有了些许平衡。心里一平衡,小赫就不再向凌阿姨提出半句加薪的要求,工作也一如既往地刻苦认真。

然而,道高一尺,魔高一丈,小赫做梦也没有想到的是,他这一点小聪明,竟早在人家的预料之中:原来,凌阿姨唯恐这份"商业机密"有朝一日会被小赫知道,所以她每月炮制的这份工资表上的数据,除了小赫的数据是真的外,其他几位和小赫一起进公司的、工作在一线的员工的月薪数据都是假的,他们的数据都远比小赫高出一大截呢!

不但如此,凌阿姨还进一步掌控了小赫的为人,因为翌日一早上班后,她一打开电脑,就发现应该出现的那句"是否回到意外关闭"早已荡然无存了。

"这小子,想和老娘玩这一手,还嫩着些呢!"凌阿姨在肚皮里暗暗发笑。

八级铣工

汤 雄

　　昨晚,金属切削加工厂的老板摸到阿福的家里,没开口就先往阿福的面前扔下一叠钞票,说是聘请阿福去他厂当铣工的定金,还许以每月五千元的月薪。失业后靠一点微薄的失业金勉强度日的阿福,见了这块送上嘴边的肥肉,眼睛都绿了,当即答应老板明天就去上班。

　　阿福是八级铣工,在未失业前,他曾参加全市金属加工切削比赛,获得过第一名。铣床操作极其精细,切削金属是以丝来计量的,而一丝则等于零点一毫米。现在像阿福这样技术高超的铣工,跑遍全市也寻不出第二个。只有他的徒弟菊珍,可以与师傅比个高低。

　　第二天,阿福就兴冲冲地去金属切削厂上班了。刚进门,就感觉不对:厂里听不到丁点机床的轰鸣声,几位工人在那里打扑克的打扑克,织毛衣的织毛衣,脚边居然还放着一只摇篮,里面睡着一个白白胖胖的婴孩。阿福正感到奇怪,忽然,一眼看见了原来的徒弟阿菊。

　　为什么说到阿菊时要在前面加上"原来的"三字,是因为阿福早就不承认阿菊是自己的徒弟了。为什么不承认阿菊是自己的徒弟?是因为阿菊太伤阿福的心了。阿菊为什么要使阿福这样伤心?这就说来话长了。

　　原来,阿福与阿菊在做师徒的时候,都是单身的他俩曾轰轰烈烈地相爱过。阿菊钦佩师傅高超的技术,阿福则爱慕徒弟的姣好美丽与小鸟依人。为此,在这种超出师徒关系的感情基础上,阿福不像向其他徒弟那样保守技术,留一手,而是向阿菊倾心传授,恨不得把心都挖出来交给阿菊。但是,使阿福做梦也没有想到的是,阿菊三年学徒期满,居然抽梯断梁,爱上另一个刚进厂的小白脸大学生技术员了! 把个阿福气得差一点跳河自杀! 幸好这时工厂倒闭,大家下岗失业,阿福及时离开了阿菊,否则,阿福八成要气出肺癌来。

当下,阿福与阿菊狭路相逢,双双愣在那里。还是阿菊反应快,满脸羞愧地走上前,低头说道:"师傅,想不到我们在这里见面。以前的事,我对不起您。那厂倒闭后,我就来到这里……"

阿福哪听得下去,像驱赶一只讨厌的苍蝇似的挥挥手,脸色如同咽了一口苦涩的药水般难看。正在这时,紧随其后的老板踏前一步,趾高气扬地冲着车间里的工人们大声嚷道:"你们都听好了,死了张屠夫,不吃带毛猪! 你们愿意继续罢下去的就罢吧,不愿意罢的就赶快给我上班。看到了吗?"说到这里,老板得意地拍了拍阿福的肩膀,狞笑道:"看看,比你们本事高强的师傅都来了,我还怕你们撂挑子、卡我的颈脖……"

事到如今,阿福总算明白老板出高薪把自己请来上班的真正原因了。他一边慢条斯理地戴上袖套,做着上机前的准备工作,一边乜斜着阿菊,眼神里,分明流露出一种报复的快感与得意。

"太狠心了,太苛刻了,我们没日没夜拼死拼活地卖命,他一个月只给七八百元,这种人比旧社会的资本家还要狠毒!"有人望着扬长而去的老板,愤怒地嚷道。

这几句话,让阿福一怔,手下的动作放慢了。同时,他的视线落在阿菊手中正缝补着的一件小衣服上。很明显,这是一件用成人的旧衣服改制的。正这时,摇篮里的婴儿哇哇地哭了起来,阿菊连忙放下活儿,走上前,抱起婴儿,然后走到一边,撩起衣服,给婴儿喂奶。

阿福的心头涌上一种酸酸的味道,视线也有点模糊了。他慢慢地脱下袖套,缓缓地转过身,然后一跺脚,把袖套狠狠地扔在地下,蓦地向车间外大步走去。

"师傅——"忽然,阿菊在身后一声喊,小跑上前,站在阿福的面前,朝着阿福深深一鞠躬,"谢谢您了!"

"谢个屁!"阿福强打笑容,望了望阿菊怀中的孩子,留下一句,"养好你的孩子吧!"大踏步向前走去。走出好远了,蓦然回头望,车间门口站着那几位罢工的工人们。

我和草原有个约定

梁　爽

女孩儿爱上了诗人，一个草原上的诗人。

女孩儿没见过诗人，诗人的诗集让她爱上了他。

诗人的诗写得很美。每晚能读着诗人的诗入睡，是女孩儿一天中最大的期待，最惬意的享受。久了，女孩儿便会做关于诗人的梦，开始向往有诗人的远方。

终于有一天女孩儿给诗人写了第一封信，而且很快就收到了诗人的回信。于是，女孩儿就经常给诗人写信，也经常收到诗人的回信。在信里，他们谈诗歌、谈文学、谈人生，唯独没有谈过爱情。

那天，女孩儿听到电视里在放一首歌曲——《我和草原有个约定》。听着听着，女孩儿做出一个决定，去见诗人。约定了见面的日期，女孩儿起程了。

一个江南女孩儿就这样千里迢迢奔往天苍苍野茫茫的大草原。月台上，一袭波西米亚长裙的女孩儿四处张望；不远处，一个麦色皮肤的高大男子，定定地看着她笑。

两个人的目光相遇了，女孩儿跑上前去，心头掠过万般惊喜。彼此从未向对方描述过自己的模样，信里也不曾有过特殊的约定，就这样不费周折地

见到了。

诗人说:"你来了?"

女孩儿说:"来了。"

诗人说:"我们走吧?"

女孩儿说:"走吧。"

诗人一只手接过女孩儿的背包扛在自己肩头,另一只手自然地把她拥在怀里。女孩儿就这样被诗人拥着跌跌撞撞地跟着他走。偶尔,诗人会低下头,女孩儿迎着他的目光,两人相视而笑。

诗人生活的地方,有很多热闹的旅游景点。女孩儿并不想去,恰好诗人也没有提。

诗人白天带女孩儿在草原上看云,还有和云一样的马群羊群;晚上带女孩儿在蒙古包外看星星,听远处牧民家里传来的悠扬的马头琴声和天籁般委婉铿锵的长调。

女孩儿把手表藏在背包深处,她希望时光就这样永远地停滞。

有一天,在一匹麦色的马跟前,女孩儿驻足不肯走。她对诗人说:"我喜欢这匹马,你看它长得多像你,湿漉漉的眼睛,像是会说话。"

诗人笑了,说:"那我就给你一个惊喜。"

女孩儿还没明白怎么回事儿,已经双脚离地被诗人扛到了马背上。女孩儿吓得尖叫,诗人像没听见一样,翻身上马,一手搂紧她,一手牵动缰绳。郁郁葱葱的草原开始向身后飞奔,女孩儿不再尖叫,长发在风中舞动;慢慢的,眼泪也开始舞动。这是怎样的一种幸福,这是多少女人心底的梦幻:被骑着骏马的心上人"掳走",奔驰在一望无际的草原上……

从马背上下来,女孩儿的屁股又麻又痛,双腿软得不会走路。诗人蹲下身子准备背女孩儿。刚一起身,口袋里的手机响了起来。美妙的铃声竟是那首《我和草原有个约定》。

总想看看你的笑脸,

总想听听你的声音，

总想住住你的毡房，

总想举举你的酒樽，

我和草原有个约定……

诗人的身子在半空中停了一下，还是背起了女孩儿往前走。女孩儿和诗人都没有说话，任悦耳的铃声响个不停。没走出几步，同样的铃声又一次响起。

总想看看你的笑脸，

总想听听你的声音，

总想住住你的毡房，

总想举举你的酒樽，

我和草原有个约定……

诗人停下了脚步，女孩儿的双臂紧紧地箍着他的肩头，示意他继续往前走。当熟悉的铃声第三次响起的时候，诗人把女孩儿放到了草地上，走出五米开外去接电话。

再趴到诗人宽厚的背上，女孩儿的眼泪一大颗一大颗地滚了出来，滚到了诗人麦色的脖颈上。

几次，诗人想开口说点什么，都被女孩儿用小手盖住嘴唇挡了回去。女孩儿说："什么都别说了，我懂了。"

当晚，女孩儿收拾行装踏上了回家的火车。

再回到熟悉的烟雨江南，女孩儿病了。起初是发烧说胡话，后来是盗汗，时常在梦中惊醒，梦里会有草原。守在身边的好友，握着她纤瘦的小手，说："原本以为你这一去，再也不会回来。"

女孩儿说："那份默契和懂得，此生不再有。"

好友看着女孩儿，怜惜地说："看看你现在的样子，真让人心疼，再回去吧，勇敢地留下。"

　　女孩儿叹了口气，"留下了，就什么都没有了。"

　　好友说："还没有得到，你甘心就这样放弃吗?"

　　女孩儿说："想要的，都得到了。"

　　好友不懂女孩儿的话。女孩儿再也忍不住，趴在好友怀里，哭了起来……

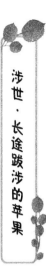

警营里的恋情

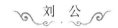

刘 公

有一段时间我分管机关,管物还好说,管人尤为麻烦。干部上班各司其职,下班后各回各家,一般不会有啥事。最让人头痛的是士兵,打字员、话务员、卫生员、保管员、炊事员、驾驶员、公务员、收发员等,上班有科室领导管理,下班就如一盘散沙,不请假外出、警民纠纷、谈恋爱等不良现象时有发生。领导们头大,我更是头大。

有人的地方,就会有问题。有了问题,就得解决问题。我经过一周的调研,成立了公勤排,特意从陕北的一个中队调来了曾排长,把机关士兵集中起来,统一管理,每周还搞那么一两次的集中训练。

这一招还挺管用,不到一个月,就扭转了机关士兵有人用没人管的涣散局面。总队充分肯定了我们的做法,十几个支队纷纷效仿,都相继成立了公勤排。

正当我乐在其中的时候,曾排长给我汇报说:"有几对男女士兵有谈恋爱的迹象。"

我问:"有证据没有?"

他说:"还在摸底。"

部队跟大学不一样,大学里给大学生发些避孕套就完事了。部队有部

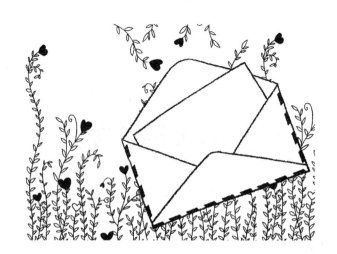

队的规矩,男女士兵严禁谈恋爱,对此我们专门制定了规章制度,其中有一条,凡是谈恋爱的士兵,一经发现,就下放到陕北艰苦地区中队执勤站哨。

但严格的规定很难束缚年轻士兵骚动的心。你不给他们单独在一起工作的机会,也不让他们有单独相处的时间,但他们照样有招。他们用眼睛交流,用电话联系,甚至分别请假外出,然后在外面相会。

有一天下午,我刚下班回到家里,曾排长敲门找到我,递给我一封信,说:"看笔迹像申明写给王娜的。"

我问:"你有把握吗?"

他说:"应该没有问题。看着申明的学习笔记,对照信封的字体,一模一样的。"

我又问:"咋发现的?"

他说:"是收发员拿给他的,收发员说他们相互通信不是一两次了。"

我有些犯难,信件是个人的隐私,就算是申明给王娜写的求爱信,我们也不能随便拆开。

我决定找他们俩分别谈谈。

"申明,这信是你写给王娜的吗?"

申明睁大了眼睛,一脸的惊诧。他可能想不到,他写的信咋会到我的手里。

"你写了几次了,你说这事咋处理?"

'副参谋长,我错了,要打要罚随你便。"

"这信,是你自己拆,还是我帮你拆?"

"别拆别拆,你还给我吧。你要是觉得这是个证据,放你这儿也行。"

"你知道我们的规章制度吗?"

"知道,不就是下陕北嘛! 你一声令下,我就打背包。"

"申明啊,你高考只差几分,为啥不把心思放在补习上,考个军校呢?"

申明低着头,一言不发。

"你和王娜的关系多少人知道?"

"不知道……"

申明走后,我让曾排长叫来了收发员王武冰。

"王武冰,你看到申明写给王娜的信件,有几次了?"

"五六次吧。"

"王娜给申明回信了吗?"

"回过一次。"

"战士们都知道他俩在谈恋爱吗?"

"大部分都知道。"

王武冰走后,我让曾排长叫来了王娜。

"王娜,好多战士都说你跟申明在谈恋爱,有这事吗?"

"没有。"

"你收到过他写给你的信吗?"

"没有。"她一口否认。

我拿出申明写给她的信件,说:"申明都承认了,你就别固执了。"

在我的开导下,王娜一五一十地招了。

王娜走后,我让管理科长通知机关和大院内警通中队、机动中队的全体

士兵开军人大会。在会上，我通报了申明和王娜不敢明里交往，暗地里相互通信的事情，我留意到他们二人都低下了头，我还当着全体战士们的面，念了那封信：

"王娜，你好！上次你问的几道数学题，我给你回复了答案，不知你弄懂了没有？在你的鼓励下，我一直在复习，想考一所好点的军校。不知你想考哪所军校，报考的时候，你得提前告诉我，争取我们在一个学校读书……"

这次大会后，二人果真都忘我地复习功课，并且都考上了军校。一时间，机关和直属中队士兵的文化学习蔚然成风。

今年春节的时候，已毕业并分到执勤部队的申明和王娜，专程来我家拜年，说他们刚领了结婚证。我一边笑着说"祝贺祝贺"，一边找出申明写给王娜的那封信件，对王娜说："这个完璧归赵，还没拆封哩，这是你们最好的纪念品。"

王娜笑吟吟地捧着那封信，说："多亏首长当时……"

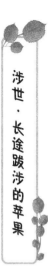
抢　劫

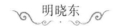

明晓东

有气无力地坐在天桥下，看着面前空荡荡的破碗，我的心里慌得跟天上的太阳一样苍白。自从娘去世后，我一下子变得无依无靠，家里除了两间破房子，什么都没有。可我总得养活自己呀，我就听了在城里摆卦摊的三娃的话，一个人到城里讨生活了。

三娃说："城里真是好地方啊，要饭也会发大财的。你看我，混得不错吧？"

我看了看三娃，真的，才几年工夫，三娃混得跟城里人一样，油光满面，风流倜傥，咋看都不像两年前在村子里整天瞎转悠的三娃。不就是摆个卦摊吗？在村子里，三娃要是给人算命，绝对没有一个人会信他的。我看得眼馋，一气之下来到了省城，连三娃都能在县城发财，在省城发财不是该更容易吗？

可是我想错了。在这座天桥下，尽管我专门带了双拐，把那条假腿放在旁边，一边晃悠着空荡荡的裤管，一边朝着每一个路过的人鞠躬。站累了我就索性趴在地上，把另一条好腿也蜷起来，装出一副全身都不能动弹的样子，但还是收效甚微。那些城里人连看都不看我一眼，有的甚至走过去了还要回过头来啐我一口，骂上一句"骗子"才解恨，弄得我十分恼火。我发现城

里人不缺钱，但是都缺乏同情心，这和我们乡下不一样。在我们乡下，我要是饿了随时都能要到饭吃，可这是城里。更让我恼火的是，我每天讨的钱只够买几个馒头，剩下的几个钢镚还总是被那几个同是乞丐的半大孩子一抢而空。白天他们把双腿绑在背上，屁股下垫着半个篮球或者小板车用手撑着一挪一挪去讨钱，晚上却跑到桥洞下来欺负我。我打是打不过他们，跑更跑不过他们，何况他们背后还有大人盯着呢。

既然这样，我只好改行。我的灵感来自那天我在广场大屏幕上看到的一则电视新闻。新闻上说，一个劫匪在长途客车上抢劫，还当众侮辱了一个姑娘，一车人眼睁睁地看着都不敢吭一声。看着看着我就笑了，这些城里人胆子真小，连我们乡下的老鼠都不如。我当时就想到了我的下一个职业，我要干来钱快还不受人欺负的工作，发了财我就跟三娃一样扬眉吐气地回去，在村子里看谁还敢叫我二瘸子。

我在路边的垃圾桶里捡到了一支玩具手枪，这玩意还真好使，跟真的一样，一扣扳机还吧嗒吧嗒响，比小时候我爹给我削的木头枪好使多了。

那晚我来到了一所大学附近的草坪上，绕过一丛灌木，看见一对大学生正在暗处卿卿我我。我掏出捡来的女人的长筒袜套在了头上，往那俩人面前一站，那男的撇下女的就要跑，我压低声音说："别跑，老子有枪！"

那男的扑通一声跪在我面前，磕起头来跟捣蒜一样。第一次我就得手了，我从那俩人身上一共搜出了三百零八块，我拿了三百整，毕竟是学生嘛，我得给他们留点儿。

从此，这种生意我在省城一干就是三年。白天我卸了假腿挂了双拐四处转悠，晚上我专拣行人稀少灯光昏暗的路段等候财神爷给我送钱来。我干这行得心应手，在省城的日子过得十分滋润，我不怕警察抓我，我相信就算打死也没人会相信一个瘸子会是抢劫犯。

白天没事了我还经常拿那些戴大盖帽的警察解闷呢。我挂了双拐来到警察的岗亭前，看着警察说："同志哥呀，你看俺这腿，俺想回家，可过不了这

马路啊。"那个高个子警察被我看得不好意思了,就背起我送到了马路对面,我在他背上还直乐呢。

我也不怕当官的,那一回我就劫了个当局长的。那天我懒得做生意,就想回以前住过的桥洞看看。我现在来钱容易了,顺便去气一气那些欺负过我的小乞丐。我来到桥洞下,一个人也没有,只有一辆小轿车停在暗处,一看这车我就知道这家伙肯定是个当官的。

我蹑手蹑脚地来到跟前,仔细一听,车里有个嗲声嗲气的女人声音在说:"王局别急嘛,你给妹子解决了处长的位子,人家以后不就是你的啦,你啥时想要都行。"

接着一个男人肉麻的声音说:"宝贝,我等不及了啊,你让哥亲热亲热,过几天就开局务会研究处长的事。"

敢情儿是赤裸裸的权色交易呀!我的血一下子冲到了头顶,浑身燥热起来。我使劲地敲着车门吼道:"滚下来!"

两个衣衫不整的狗男女连滚带爬地跪在了我面前。我望着两个抖得跟筛糠似的家伙说:"你们的对话我都录下来了,明天咱到纪委说去。"

那个王局长连忙朝前爬了几步,抱着我的腿说:"兄弟,有话好说嘛,你

要多少钱都行。"

就这样,我随时都可以让这位局长大人给我送钱来花,要不是这狗官早早进了监狱,我还真想让他养我一辈子呢。

我吃亏就在于一时糊涂犯了贪婪的大忌。我想我这几年也算发了点儿小财,我就想着再干一笔大的,回家娶个媳妇过日子,结果自己坏了自己的规矩。那天我来到那家我提前踩好点的银行,刚掏出家伙儿,大厅里面就乱成一团。我用枪指着那些客户让他们蹲到墙角去,再指着两个保安,轻而易举地缴了他们手里的警棍。然后我扔进去一个编织袋,命令里面早就吓得花容失色的女柜员给我装钱。没想到在提着满满一袋子钱往门口退的时候,那个蹲在门背后的看起来有六十多岁的老保安使劲拽住了我手里的袋子。

我说:"快松手,要不我开枪了!"

谁知那个老保安还是不放。我对准他的脑袋吧嗒就是一枪,这才想起自己拿的是玩具枪。老保安一看枪没响,不但拽得更紧了,还拉响了警报器。我一急抬起右腿踹向他,结果我的腿呼啦一下子飞到了门口。老保安轻轻一推,我就像一截木头砸在地上。那个年轻保安一看,赶紧扑上来按住了我。

也是活该我倒霉,我是精明的抢劫高手,咋就忘了自己是瘸子,右腿安的是假肢呢?难怪我连警察和当官的都不怕,却栽在了六十多岁的老头子手里啊。干这一票之前,我咋就不知道找三娃算上一卦呢,唉!

作　家

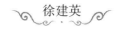

徐建英

这是你的故事。

你大学毕业,有一份够你游手好闲的工作,游手好闲的字眼你一直不爱听,但你家长辈总这样说。

城里二十年风平浪静的日子在你的涂涂画画中一晃过去。忽有一天,你突发奇想,想到城市的边缘河水拐弯的地方走走,体验体验不一样的生活。

你看到湖村的鸟儿在暮色里叽叽喳喳飞过,湖村的母鸡站在柴垛上咯嗒咯嗒地高声叫唤,对着你炫耀它初下的蛋;你还看见城里的塑料袋从天空飞过,飞累了,忍不住挂在湖村的树上小憩一下。

你决定停下来。

你堵住在潘河边撑船的老区,说动了他用了他家河湾边的半边仓房。从此,周末钓鱼赏荷拾秋叶,你乐此不疲到冬天。

雪落的头天,你本来思索着返城,老区一口答应送你渡河,这样你可以少绕不少的弯路。渡到河中时,你抬头看着那被蒙上一层黑布的天,对老区感叹:"你们乡下好是好,就是冬里黑得早!"

老区接口说:"不是黑得早,怕是明儿要下雪。"

"下雪?"你一怔,随即大喜,赶紧招呼老区停船返岸。

你在湖村扑簌簌作响的清晨睁开了眼睛。推开窗,冷冽的雪风一下就塞满了你的脖颈,再抬头,已是一窗的白。你似个老孩子钻出了门。

老区如常日一样在火塘中煨酒——自家酿的晚谷酒。这酒你尝过,比城里的茅台烧口,不过后劲很足。老区的渡船泊在屋前不远的堤上,孤零零地,上面缀上一层白皑皑的雪。此刻的潘河,像一条被囚的银蛇僵卧湖村中,漫天大雪夹着啸冷的风向你袭来,你全然不顾,伙着一群半大的毛孩子在雪地上爬就打滚。到你鼻头趟着清涕,老区已站在青砖屋前喊你。

老区的灶头远远地腾着热气冒着香气。看到你,老区捅了捅灶上红红的炉火,用地锹把火拔到饭桌下的碳盆上。又指了指灶上的锅对你说:"今天莫走了,熏腊兔炖萝卜粒,咱哥俩好好抿两口。"

你擦了一把被雪风抹得通红的鼻子,搓搓手坐上桌,老区提起酒壶,给你斟酒,自己也斟上一杯,两只杯子在半空中"咣当"轻撞过后,老区一口见底,啪嗒啪嗒地嗑了嗑嘴巴,呵呵笑着看你皱着眉把酒一小口一小口倒进嘴里。

那股辛辣呛入喉咙,你忍不住咳了起来,晚谷酒在胃里腾江倒海地闹得欢,只须片刻,又把你从头发梢到脚趾叉都撩得暖暖的,你端起杯,一饮而尽。

老区哈哈大笑说:"自家酿的,进口呛了点,不过后味足,冬里喝暖着哩。"

又给你夹了块腊兔,老区说:"边喝我边给你讲故事,就讲这腊兔的故事。"

他提起酒壶,再次给你斟上。酒过,你又一次刷刷地挥笔疾书。你说过,赏花半开时韵最美,饮酒半醉时字最灵。到你返城时,背篓中多了一叠手稿,这叠乡村系列趣事,其后被数家报刊连载。

偶尔有湖村人进城,捎了份报,看到你名字写下的字,看到你再来时问:

"嗨,是你写的吗? 那书中啥村可美了! 邻里也都那么和谐,你走的地方多,说说,快说说,这地儿在哪呢?"

你打着酒嗝:"呃,那个那个谁写的啊? 听说过,名字我也熟悉,不过那破地儿——没咱这儿好。"

你在城里文学界名气越来越响,连同你笔下的村庄。城里人一个劲地赞你:"嗨,这就是你常去的那个村吧? 读你二十年来写的小说故事,就数这个系列最接地气,也最吸引人,作家啊! 真不愧是大作家!"

你微笑不语。

人家走后,你却又耷拉着脑袋叹道:"唉! 什么大作家,那只不过都是别人的生活啊。"

涉世·长途跋涉的苹果

越　口

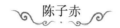

陈子赤

十六岁那年，我去了湘乡土桥公社茶场当知青，因为母亲的成分不好，我便尽可能干好每一件农活儿每一件事，免得让贫下中农说我这"五类分子"的子女表现不好，再牵连着家人。

茶场不大，立在一个小小的山头上，九个知青和贫下中农加在一起二十多人，住的是泥土房子，吃的是"红锅子菜"，生活非常艰难，可每个知青干活儿都很积极，没有怨言。我知道，大家都是想好好表现自己，希望早早地被推荐，回城工作。我却没那想法，不是不想，在那唯成分论的年代，好事是很难落在一个"狗崽子"身上的。

那是一个初春的晚上，场长找到我说："你明天去一趟东山茶场，把那一百斤红薯种推回来。"

这是一个很重要的事儿，咋交给我呢？红薯种子关系着全茶场今年红薯的播种，不是信得过的人，他绝对是不会让去的。我很激动，说："谢谢场长。"当晚我高兴得睡不着觉。

因为总记着去运红薯的事，天麻麻亮我就起了床。场长是上了年纪的老贫农，也是一个文盲，他拿了介绍信给我。天呀，什么介绍信！纸上画着一个红薯和一个麻布袋，一双握着的手，落款就是土桥公社茶场的公章。我说:"行吗场长？"

场长不高兴,拉着脸,用他那半眯半睁的小眼睛睃着我,没吭一声。我吓得早饭都不敢吃就上了路。

抵达东山茶场时,太阳升起了好高,他们已经吃过了早饭。东山茶场的场长姓罗,他看了看我的介绍信笑:"这个眯老倌(我们场长的诨名),红薯还画得不错嘛!"

罗场长很热情,不停地问我们场长的事儿,甚是关心,后来我才知道他们是亲戚。罗场长帮我装满了一麻袋红薯,说:"一百斤只会多,不会少了。"

过称果真多出了五斤。我很佩服罗场长的眼力。走时罗场长没让我退去那多余的五斤红薯。肚子很饿,很想吃点饭再走,可东山茶场的人一个也不认识。在米贵如金的年代,谁也不会留我吃饭。我饿着肚子上了路。

湘中农村运物的工具大都是土车子。土车子又叫独轮车,推着走的,有一个落地的主轮和车前悬着的次轮。主轮一看便知是承载东西滚地走的,而次轮乍看似乎没用,可在当时农村的毛路上,它却是不可缺少的。车过越口(越口即行路的中间有一条沟,湘中地方话),主轮过不去的时候,次轮便可作为支点着地,借助人的手劲抬起,次轮一转便可滑过越口。我用土车子运红薯,从东山茶场到我们茶场虽路不远,可沿途越口很多,六十余里的路程,我走了整整一天!

那部土车子很久没有使用过了,我推着红薯走着,那主轮滚一周,就会发出"叽呀"的一声。起初还不在意那叫声,直到走上了那个叫双泉坳的地方,我浑身的衣服已经湿透了,加上没有吃早饭,身上一点劲也没有了,腿打战。那车轮的叫就如一把小刀,叫一句就割我的心一下。

当太阳悬在天空的正中时,路旁的房子已有了炊烟和饭菜的香味,我便想去哪家讨点饭吃。见着老的喊爷爷、奶奶,中年的叫叔叔、婶婶,我说我早晨还没吃饭,借碗饭吃。当时我不好意思说讨字,说借是有还的。可人家都不认识我,没有哪家肯借我一碗饭,他们只给我水喝。

肚子"咕咕"地叫着，水喝多了不抵饿，身上的汗水不停地冒，一路走一路洒，屁也不知什么时候有了，偶尔也响着。我很想吃一个那麻袋里的红薯，停车刚把手伸进麻布袋，一触红薯，心便吓了一跳，不可，那是一袋革命的红薯种呀！我狠狠地抽了自己一记耳光。

走走停停，实在走不动时，就在路边歇一会儿。太阳西下的时候，我终于看了见茶场的屋顶，全身便舒坦了开来，在路边有草的地方停车，一伸胳膊一伸腿，躺了下来。呵呵，我竟然睡着了。醒来的时候，一轮月亮替换了在茶场屋顶的那太阳，浑圆浑圆的，银白色，极美丽。当时我觉得，那轮月亮是为我而升起为我而明亮的，我不知哪来的力量，站起来推车就走。

我越过了路上的九个越口，越过了五个土坡，推到了我们茶场门口。

"为什么这么晚才回来？"场长问我。我说我走走停停一天都没有吃饭，实在没办法。场长有点不相信，像路边那个卖牛肉的屠夫的脸。他看看那袋红薯，拿了一杆大秤来称。当发现红薯多了五斤，他眯着的小眼睛才泛着光亮。

之后，场长似乎对我有了好感，往常对我阴着的脸也有了阳光，安排我的活计也不再繁重。1978 年，在许多知青都想当兵的情况下，选了我去体检。是的，我能走出农村去当兵，顺利回城参加工作，要感谢那位眯着小眼睛的场长。

印象很深的是，戴上大红花要走的那天，场长他推着那部"叽呀"叫的土车子送我。不知咋的，那土车子"叽呀"的叫声不再像刀子了，倒很像是一首我从未听过的欢快曲。三十多年过去，梦里我常听见"叽呀"的声音。我感觉，生活就像那部土车子，我坐在土车子上，越过了人生路上那个大大的越口。

阮小美的梦想地图

琴　台

　　刚认识阮小美时,其实我对她印象不错。一个乡下来的女孩,虽然有点儿矮,也有点儿黑,可一笑起来,却有种天真和纯朴。

　　每天早晨五点钟,阮小美就会悄悄从上铺爬下来,一个人到阶梯教室去用功。其实,我们这种三流大学,没必要这么拼命。出于好心,我说了阮小美两次,可是,她总红着脸用那蹩脚的普通话憋出一句:"勤能补拙嘛。"

　　阮小美吞吞吐吐告诉我,她的理想是当一名播音员。

　　看着她那矮胖的身材,听着她那方言浓重的普通话,我憋得面孔紫涨才没有爆笑出来。阮小美也太幼稚了吧,就是一口流利标准的普通话又怎样——长成这样子,还想出镜?

　　为了让阮小美死心,我找机会带阮小美去了趟北京广播学院,那里的美女帅哥简直多如过江之鲫,随便挑一个出来都能让人自惭形秽、无地自容。

　　没想到阮小美根本就忽视了那差距,她低着头跟在我身后,出了北京广播学院后吐出一句话:"将来能找个播音员的男友该多幸福,那些男孩的普通话可真好听。"

　　我险些跌倒在地上。

　　可是,这个世界,以声取人的并不多,所以,尽管阮小美使出了吃奶的力

气去争取,可校园播音员的机会,还是轻易被别人拿了去。

她似乎有点儿失落,但很快就调整了自己的情绪,更刻苦地学习播音。大四后半学期,她甚至自费去中央广播学院当了几个月的旁听生。

在我们人人自危地到处找工作时,阮小美奔波在诸多电视台之间找机会。那些以貌取人的场子,不要说阮小美只是个三流大学的毕业生,就是清华毕业又怎样?我多次旁敲侧击地和阮小美提过,央视各个栏目组,北大毕业的美女也不过混个导播的差事。阮小美不信。

可我相信,生活早晚会教育她。

阮小美最终落脚在一家中介公司。中介公司在大北窑,阮小美天天四点起床,提了包去倒公交车,到公司口干舌燥地说上一天,顶着一头星星疲惫地跑回来。

我无意中发现,她的案头还摆着做了密密麻麻标记的播音教材。

阮小美不提当播音员的事了,她翻着教材轻轻笑。有心栽花花不发,无心插柳柳成荫。原来,中介公司的工作,她之所以能够在一帮职高生中脱颖而出,不是因为她的三流大学学历,而是因为她的普通话标准。

世界上果然没有白费的努力。我拍着阮小美的肩膀感慨。她笑嘻嘻地和我说，已经在大北窑附近找到出租房了。

和阮小美分开后，我陆续换过好多工作，后来，好不容易进了一家体制内单位，做个小科员，发不了财，但总算有了铁饭碗。我心里很欣慰，翻出阮小美的电话打过去，想要叙叙旧，才发现，她早就不在中介公司干了。

让人吃惊的是，阮小美现在在一家电台做 DJ。我半信半疑地在淘宝上拍下一台收音机，午夜的节目中，果然是阮小美糯米一样香甜的声音。

那天她朗诵的是舒婷的一首诗。午夜的星光下，轻轻闭上眼睛，耳畔袅袅回荡的，是熟悉的阮小美式的希望。

"对北方最初的向往，缘于一棵木棉。无论旋转多远，都不能使她的红唇触到橡树的肩膀。这是梦想的最后一根羽毛，你可以擎着它飞翔片刻，却不能结庐终身。然而大漠孤烟的精神，永远召唤着……"

阮小美的声音这时再次轻轻响起，她好似在温柔地呢喃，可声音中的坚定又沸腾着勇气和力量："对于很多人来说，梦想就是根会发光的羽毛，虽然无法逃避凋零的宿命，但借助它短暂的力量，我们却可以看到意料之外的光芒。这就是奋斗的魅力所在。"

那天晚上，在梦里，我再次看到了阮小美。她笑嘻嘻地坐在一根发光的羽毛上，向上，一直向上，最后，羽毛凋零了，可她的身上，却生出了一双洁白的翅膀。

驴肉火烧

化 云

　　朔风阵阵,大雪纷飞,冬夜降临得格外早。

　　美子恹恹的,美子的小店在灯光里也恹恹的。吊脚电视上韩剧播得柔情万种,美子的心空空的,那个客人怎么没有来呢?

　　靠窗的小桌,能看清路灯下的行人,能看到窗外飘飞的雪花,窗台上,是美子刚摆上去的插花。

　　他总是喜欢坐靠窗的小桌,点两个驴肉火烧,一碗小米粥,安静地望望窗外,望望忙碌的美子。火烧上桌,他安安静静地吃了,安安静静地离开。美子觉得,他优雅得跟韩剧男主角似的。现在只要他来,美子就知道,要两个五块钱的驴肉火烧,一碗一块钱的小米粥。可是美子总是问:"您需要点什么?"因为美子喜欢听他说话的声音,喜欢被他的眼睛看着。

　　他两天没有来了。美子望着窗外,忽然脸红了,唉! 等什么呢? 都不知道人家叫什么。

　　门帘一挑,风卷着雪沫子先挤进来,跟着进来的是一位阿姨。她脸色苍白,捂着心口说:"闺女,能歇会儿不? 我低血糖!"

　　"哦! 快坐吧!"

　　她坐在临窗的那个位置,唉! 反正他今天不会来了,平时,美子会提醒别的客人坐别的位置。

"您是不是饿了?"

"我不吃饭。"她看上去很虚弱。

"哦! 低血糖是不能饿的! 您等着!"

美子转身进厨房,一会儿出来,左手端个小柳条篮子,里面是两个黄灿灿的驴肉火烧,右手端一碗热气腾腾的小米粥。"阿姨,驴肉火烧一定要趁热吃,如果火烧凉了,味道就不那么鲜美了。"

"我出门没带钱包。"她有些局促。

"没事儿,不就两个火烧吗? 吃了就不难受了。"

她不再推辞。美子看着她吃得香甜,而且美子发现她吃火烧的姿态很优雅。美子笑了:"阿姨,您大口吃吧,不够我再给你拿。"

"够了够了! 火烧色泽金黄,外焦里嫩,驴肉色泽红润、鲜嫩酥烂,加上青椒更有点小清新。"她边吃边评,"驴肉火烧好不好吃,关键在香焖而不在肉。就像这店好不好关键是在人,不在装修。"

美子又笑了:"您真像电视大赛里的评委。"

"三十年前我也卖过驴肉火烧。"

"哦,难怪这么内行呢。"

"我今天可是没带钱,也没带手机,要不然让我儿子来给你送钱吧!"

"不用了,不就是两个火烧吗? 谁都有遇到不称心的时候。"

她的气色和精神很快缓和了过来:"我记住你了,你的店又跑不了,我会给你送钱来的。我家就在前面的小区。好心的孩子,你会有好报的!"她掀起门帘,走了出去。

美子收拾着小桌,心里空空的,这是今天晚上唯一的客人了。早点打烊吧。

雪后晴朗的日子,美子又开始了忙碌。

那个人,终于来了,而且是捧了一束玫瑰花来了。坐在那个临窗的位

置,静静地,看着窗外,看着美子,吃着火烧,喝着小米粥。今天他来得有点晚,渐渐地店里只剩下他这一位客人。

美子的脸蛋有点烫,美子感觉脸蛋上黏着一双火辣的眼睛。一抬眼,那玫瑰花刺了美子的眼,人家肯定有女朋友了,美子的心酸溜溜的。

他站起来。美子去掀门上的帘子:"您慢走。"

他不走,在她面前站着,花推到她胸前:"谢谢你。花,送你的!"

美子慌乱地站着。

"谢谢你那天救了我母亲! 那个吃了你两个火烧,喝了你一碗小米粥,没付钱的。"

美子笑了:"还当回事儿呢? 两个火烧,值不了这花的钱呢! 玫瑰,很贵哦!"

"不是,我母亲回去告诉我,说我该有个女朋友了,你适合! 你没有男朋友,我知道,你喜欢我,我也知道,你的眼睛会说话!"

美子的脸更红了。那花,美子没有接。因为美子听见他说:"我母亲其实就是来选儿媳妇的。我相信我母亲的眼光不会错! 我是对面帝豪大酒店的经理,配你这个小店老板,你不会不同意吧?"

美子过生日的时候,去过对面的"帝豪"大酒店,美子知道他是那个酒店的经理。美子斜着眼睛看着吊脚电视说:"电视剧是电视剧,怎么都不会是真的。"

美子说:"我的手艺是祖传的,爹只教会了我做驴肉火烧,却没有教会我做香焖。那个阿姨也说过,驴肉火烧好不好吃,关键在香焖而不在肉。我有男朋友了,他就是后厨煮驴肉做香焖的,他手艺是爹教的,他是爹替我选的,我相信爹的眼光不会错。爹说大餐偶尔去吃吃,家常饭还是最养人的。"

"我就是要做小店老板,卖驴肉火烧,"美子笑着说,"我要和他一起把驴肉火烧店开成全国连锁。"

冰丫头

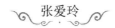

张爱玲

一个女孩子,四岁没妈,在乡野间长大,她会长成什么样? 有 N 种可能。

落到我面前的这位,是个女侠。她叫董冰冰,2006 级文秘班的,朋友都叫她大冰,在我的手机联系人里,她叫冰丫头。

周末大家睡懒觉,她照常起床,打八份早餐,回到宿舍就叫早:"孩子们,起床喽! 快吃早饭,一人一份。"

大家说:"求求你,再让我们睡会儿。"

女侠从不答应,动作稍迟,就上手胳肢了。

有天下课,她神秘兮兮问我:"老师,我是不是漂亮了?"

我审视她,并无改变。

她龇牙笑:"门牙变了。"

"坏了?"

"没有,原先的不好看,现在是烤瓷牙,花的钱是我打工赚的。"

对于那些原住民,我没丁点儿印象;如今它们面目一新,也没好看到哪儿去。我说:"如果事先征求意见,我不会同意的。"

她有些失望:"真的吗? 那我以后不瞎弄了。"

大一结束时,我跟女侠说:"有机会当当班干部吧。"

她问："为什么？"

我说："学会从另一个角度看问题。"

大二，女侠当选团支书，见了我嘻嘻笑："老师，我知道您为什么让我当班干部了，这可真不是人干的活。"

我也笑："你身上有很多可贵的东西，还需要这样磨磨。"

有一天，我刚说下课，她立马站起来，语速很快："系里有个通知，下午一点半，都得去图书馆一楼报告厅听讲座。"

有人问："什么讲座？"

她说："不知道，不去的扣综合测评分。"

每次看她硬邦邦的样子，都像看到当年的自己。我私下跟她说，她哈哈笑："不会吧？您多温柔啊。"

我泄露机密："这都后来跟别人学的。"

她说："那我也学着点儿。"

我问："你喜欢别人强迫你做事吗？"

"当然不喜欢。"

"你通知大家听讲座，就是强迫性的，我听了都很不舒服。班级干部上传下达，有很多方式。比方说，提前了解讲座内容，把大家的兴趣勾起来，同样是听讲座，感觉却不一样。"

她说："我试试吧。"

班上有个同学突发尿毒症，病情严重。她打电话时声音哽咽："老师，我们得帮他，怎么帮呢？"

我说："别着急，大家一起想办法。"

她眼皮浮肿，和同学在教室等我。

我们商定，班级同学先行捐款，再以全班同学的名义发起捐款倡议。

听说班级捐款时，她拿出三百块钱，第一个放进捐款箱。她在校外有份兼职，那至少是她月收入的一半。她起草的倡议书很感人，校报刊发后，中

文系师生和其他院系学生先后捐款五万多。

大三那年,突然接到她电话:"老师,我在北京找到工作啦!"

我一时愣住:"你怎么跑出去了?"

她说:"我跟系里请假了,想看看我能不能找到工作。这家公司招文秘,好几百人报名,就招一个,哪儿毕业的学生都有,我赢了。"

她说:"老师,你不是领着我们搞过公务员面试训练吗? 面试的时候老有感觉了,一点儿不紧张。"

我说:"祝贺你!"

那是一家餐饮集团,总部在北京,她在那里工作了三个月。三个月后,集团业绩下滑,公司要调她去南方某地,她辞职了。

第二份工作是电话营销,公司收取加盟费。那套说辞,她一会儿就背下来,工作不累,业绩也不错。有一天,她看见一个农民来交加盟费,一下想起父亲,进卫生间就哭了。

哭罢,她给我打电话:"老师,加盟费要好几万,没啥实质性东西,太坑人了。农民挣钱不容易,他得攒多少年? 说不定都是借的呢。我不干了,我要回去上课,我要考研。"

回到学校后,她说想考北师大,我说:"好,你准备扒层皮吧,权当减肥了。"

她像模像样地复习了几天,没影了。一问,在哈尔滨呢,在忙妹妹的事情。过些天又去了长春,说是高中同学病了。

我问她:"你还想考研吗?"

她说:"想。"

我说:"我看不像。"

她嘻嘻笑:"那怎么办? 他们都需要我。"

不等进考场,我就知道考研结果。那年,她专业课成绩极高,英语打了二十九分。

第二年,她一边工作一边备考,顺利考取黑龙江大学,英语打了六十多分。

大三以后,她就养活自己了。奶奶是五七工,根据有关规定,须先缴纳一万多块钱,以后按月领取养老金。对于是否缴钱,家人意见不一,她跟同学妈妈借钱,为奶奶缴齐费用。

离校前夕,她要请我吃饭,说:"老师你放心吧,我打好几份工,外债马上就还清了。"

我说:"你还是来我家吧,尝尝我的手艺。"

那天,她穿了件天蓝色衬衫,显得她肤色略黑。这种颜色更像她内心的颜色,攫取阳光,也播撒阳光。

我们在少许酒意中聊过去,聊未来,聊我们各自经历的恋爱。

她问:"老师,我真像当年的您吗?"

我说:"不,你比我生猛。"

我们哈哈大笑。

十七岁的远行

刘　玲

　　十七岁那年，我经历了人生的第一次远行，那是一次跨省的行动。妈妈拗不过我，含泪在我的内衣里缝了个小口袋，装进两百块钱，就放我走了。

　　那年的春天，两百元足够成就我的梦想。

　　我的同桌是一个农村女孩儿，喜欢音乐，现在想来，也就是会唱几首歌，还不及认识五线谱的我。当时我们面临高考，她在一张报纸上看到齐鲁音乐学院面向全国招收第一届学生的简章，这个学校的名字就被我们在自习课上反复讨论，最后，我们简单准备了一下，就动身了。

　　半夜的时候，我们先到达了她叔叔家所在的城市，要先住下来，第二天早起赶菏泽的火车。她叔叔家是出了火车站，一直往北，两个女孩子踏着这个城市陌生的灯晕寻找着今晚栖息的地方，很顺利就找到了那棵高过楼顶的大杨树。因为当时通讯还很落后，没有事先通报，同学的叔叔婶婶以为我们离家出走，审了半天，才心疼地安排我们睡觉。

　　我躺在陌生的床上，望着路灯漫到室内的光晕，很久才睡着。

　　后来，我的大学就是在这个城市里读，读书的时候，不止一个星期天，我站在火车站出口，心里默念着"出了火车站，一直往北"，试图再一次走走当年那条短短的路，却是再没找到，当年的经历真像一场梦。

去菏泽的票是叔叔买的,千叮咛万嘱咐,火车开动了,他还在站台上望着。

两颗出行的心已经完全被新奇、兴奋和略带探险的情绪涨满。

当时火车还没有提速,好像过了很久才到了菏泽,看看表,下午四点,按照简章上的地址,我们一下就找到了学校。

现在的齐鲁音乐学院已经有名气了,但当年我一脚踏进的时候,感觉整个身子陷进了泥地里,到处都在施工,坑坑洼洼的地面堆放着各种建筑材料,每一幢楼都裸露着钢管架,工人们喊着号子,怎么看九月份也变不成简章上说的那样——"这将是一座美丽的艺术殿堂"。

有人带我们去报名,被告之排到第二天面试,我们就领了被褥到宿舍休息。在宿舍里碰到一个从广西来的土家族小姑娘,当时我傻傻地用普通话问道:"你是土家族的?"

还盯着人家的脸不放,直看到人家下楼面试。

我们俩就躺在床上聊天,聊到不知道家里人担不担心,同桌说她上初中就住校了,家里已经习惯了。我说:"我可不行,老妈估计要咽不下饭呢。"

不到半小时的工夫,土家族小姑娘就上来了,说已经考过了,如果文化课过关,就会有通知书。我们听着像做梦,问考了什么,她说她只唱了一首土家族的歌曲,就这么顺利,边说边收拾东西准备赶火车走。

我们晚上也有一趟回去的火车,我当即决定:"咱们不住了,现在就要考,考完就走。"

于是,我找到招生办公室,说明情况,被允许插号考。

我到宿舍通报给同桌,准备考吧。这时候她竟然从背包里拿出了一盒眼花缭乱的化妆品,在当时就很劣质的那种,我夸她想得周全。两个人开始就坐在简易宿舍的床板上描画,眉毛是帮对方画的,口红也涂到外边去了。化完妆,就风风火火地去考。

我进去的时候,看到几位主考官一溜排开,类似于现在的海选。一位女老师问我:"你表演什么?"

我愣了一下:"啊,唱歌。"

于是我唱了一首齐豫的《橄榄树》,唱到结尾"流浪远方,流浪,流浪",我的眼穿过主考官的肩膀,动情地注视着窗外,余光能看到他们互相点头示意,大概是不错的意思吧。

又让我念五线谱,我就轻车熟路了,又问我会什么乐器,带了什么乐器来,我愣了一下,说:"家在农村,没接触过乐器,目前还不会。"然后就被主考官微笑着用亲切的眼神送了出来。

考上考不上都是要走的,我们退被褥时,被工作人员找到了,叫着我的名字,说我被录取了,高考后把文化课成绩盖上当地招生办的章寄过来,参考以后就给发通知书,我想了想留了爸爸的地址。

同学没考上,情绪低落,我为了安慰她,说我也不会来,这么容易就考上了,学校还这么烂,什么时候才能有个样,我是坚决不来的。

回家的路上,关于考试,在心里的感觉已经很淡了,一路兴奋地猜测我们平安回家会给家里人带来多大的震撼,看以后还放不放我们的手脚。

高考后一个下着雨的晚上,我的通知书被爸爸的同事送到了家里,带着雨的潮气和被大家传来传去的温度,送信的叔叔说,看人家老刘家闺女。

我最终没有去这个学校,传统的父母不同意我把唱唱跳跳作为一种职业;而从我的内心也觉得这种与浮华相关的职业我无法驾驭;也因为自己确实不漂亮,不自信的心态在哪个领域都不会扎稳自己;也因为当年的我曾那么坚决地对我的同桌许诺,我不会去……

这件事留给我的记忆主题不是我曾经考取过哪个学校,而是我十七岁的时候为了梦想经历了人生的第一次远行。

一起走过的日子

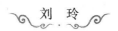

刘 玲

那年我十六岁,在一次逃课时我看到了刘德华,那是一张一寸的黑白图片,他微侧着脸,静静地待在报纸的一角。"酷"在当时还是个冷词,但现在想来他给我的就是这种感觉。

我躺在操场的一张长椅上,对着天空举着那张残报遮挡阳光,于是,穿过这稀薄的一米阳光,他,走进了我心里。

后来,我知道了他是谁,再后来,知道铺天盖地的女孩子为他疯狂。

从一开始,我的喜欢就是默默的,我从来不刻意收集他的图片,没有看过他的电影,也没听过他的歌,我甚至遗失了那张破旧的报纸。

我的学业从一上高中就开始荒疏,但与生俱来的好强又让我不甘沉沦,那些日子,心总是灰灰的。一次晚自习后,我淋着细雨回家,轻轻地踩踏着路灯下泛着亮光的雨水,路上行人很少。就是那个雨夜,我听到了《来生缘》。如泣如诉的旋律从一家音像店传出,穿过雨帘,感伤蔓延到我的心里。他的音质低沉而压抑,忧伤的雨帘里那种无奈与痛楚突然就如利剑穿心,我第一次因为一首歌流下了眼泪,并且就在当时,我突然万分渴望自己能经历一场肝肠寸断的爱情。

第二天我买到了这盘带子。刘德华随意地穿着一件夹克,微转着身子,英俊的眉宇间,那样的忧郁让我心动不已,这张带面上横版的黑白照是我珍藏的第一张刘德华的图片。

那是一个偶像泛滥的年代,到处充斥着女孩子为心中的偶像尖叫呐喊的声音,她们四处张扬着"崇拜""偶像"这些词,彰显着自己因为拥有偶像而自豪的青春,但我只想默默地沉静如水般地关注他,拥有他。

连我最好的朋友都不知道,我每晚临睡前都要反复听那首《来生缘》。我固执地认为,我会在长大的日子里,经历一场只待来生牵手的缘分。当时,我并没有经历注定今生无法继续的情感,甚至没有恋爱,我是在懵懂的青春时节,提前为这份爱情感伤。

直至今日我都认为,对于刘德华的喜爱我是盲目的,完全缘于他刚毅的外表和眉间的忧郁,但我至今都无法释怀我毫无根据的想象:这是一个负责任的好男人。

直至今日我都认为,对于刘德华的喜爱我是理智的,我甚至没有跟任何人眉飞色舞地谈起过他,在嚣张的场合,用张扬的口气谈论,我认为是对我喜欢他的一种亵渎。

唯一的一次疯狂令我记忆至今。高二的时候,同学们一起去看《天若有情》,看海报才知道是刘德华的片子。当他为了义气和爱情横卧街头,女主角穿着婚纱在《追梦人》的旋律中狂奔时,我认定真正的爱情就是这样的,认定爱情是没有任何世俗掺杂的纯粹内心的一种感受。也许就是他给我的这种感觉,注定了让我在后来选择婚姻时,不谈情感之外的任何庸常之事。

第二天,我带着我的好朋友满世界寻找这部片子下一站在哪里播放,至今我仍能清晰地回忆起骄阳下我们踏车追随这部影片的执着。电影最终没能再看到,但与我接触的人都知道了有这么一部片子,有这么一部这样情节的片子。我不厌其烦地讲给每个人……

美好的青春也包括暗恋和失恋,我们无论经历了什么,都欢快地簇拥着青春往前走。高中时代就要过去的时候,生活中突然出现了一些追我的男

孩,在我看来,他们都是那样唐突与青涩。一个喜欢我的男孩在毕业典礼后,送给我近百张刘德华的挂画,他说他走遍了城里所有的店,甚至乡下的集市。我不禁失笑,原来他知道……

这些画我很珍惜,并不是因为画里有刘德华,而是因为这是一份关于青春的记忆。

走进大学后,我触摸到了爱情,亮子是一个与刘德华各方面都迥异的男孩,但我很投入。他外表平凡,但有儒雅的气质,他一首歌也不会唱,但他博古通今,他不会制造浪漫,但他实在而有安全感。我们走得很沉静。临到毕业,他才知道,在他眼里我这样有内涵的女孩子也是追星的。我对他谈起刘德华,悠远地像在谈自己的一个亲人,亲切得仿佛刚才他就在我身边。亮子听着,用经常翻阅线装书的手抚摸了我的长发——那是我们交往两年最亲密的一次接触,心灵也是,我们惺惺相惜地追忆了一次流逝的岁月里那些宝贵的东西。

就像我十六岁时希望的,但又在相爱中无法舍弃的,最终这段感情我们没能再牵手,毕业后我们各自回到了自己的家乡。这时已经有了碟片,但我仍然固执地翻出那盘带子,拂去尘土,就像打开了尘封的记忆——我用破旧的录音机像多年前那样反复倾听。

那时候,刘德华还有一首与《来生缘》相同旋律的粤语歌曲《一起走过的日子》,在 MV 里,他拉着一把很旧的二胡,悲怆的音乐让我经常回忆起我和亮子一起在旧书摊上寻觅旧书的情景。

高中同学送的那些画在搬家时被妈妈遗失了。我没有埋怨,我不看重表面的东西。"刘德华"是一个虚无的人,一个我想象中的长着刘德华样子的虚无的人。

如今的我,是淡化偶像的年龄,走出婚姻独自带着女儿的日子,更让我觉得生活应该平淡如水厚重如山。翻阅我多年的日记,竟然没有华仔的名字,对他的感受我没有只言片语的记载,但我知道,他是实实在在始终与我同行的朋友。

在这个寂静的夜晚,当我坐在电脑前又一次听《来生缘》,突然好想一个人看看他,于是我在百度里搜索他的图片,在初夏的习习凉风里,在用心追忆往事的氛围里,看着他从青年走到了中年。

我轻按"打印",他从屏幕里飘落到我身边。我不停地按,他一次次从打印机里跳跃出来,从年轻到不年轻,从不年轻再到如今的中年——最后定格:他穿中山装,很有人情味的招牌的笑,微微侧身,双手插在裤袋里,留着青茬胡子,因为微笑眼角涌起了几道皱纹……

我的眼睛突然湿润了……

打印机停止的声音撞击我的耳膜,犹如十六年前的那缕阳光穿透我的心,我很怀念十六年前的那个我一个人的课堂,他在旧报纸的一角静静地凝望我。

这一望,穿越时空十六年……

十六岁的轻狂

刘　玲

　　想起年少时的一些轻狂,我们总是疑惑,怎么会那样?但在青涩的岁月,我们的心,别无选择。

　　十六岁那年的暑假,云淡风轻,我在家里等待读高中。热播的《十六岁的花季》为我展现了多姿多彩的高中生活,我没有女主人公俏丽的面容,但我确实和她一样,热爱生活、张扬个性,而且极具号召力,十六岁,很自恋的那一年。

　　我读的是县一高,我所在的班号竟然与剧中一样,是高一二班,这样遥远且虚无的巧合让我暗暗惊喜,现在想来,十六岁的开心如此简单。

　　我的同桌大我四岁,这个男孩子的家乡在大山深处,对于我,是很神秘的地界。但他不是没有见过世面的孩子,他因病休学的三年是在市里的哥哥家度过的。他总是给我讲一些新奇的故事,他的家乡,更是让我充满了神往。

　　高中生活展示给我的,远不是剧中白雪们的斑斓绚丽,而是枯燥和竞争,没有硝烟的征战让我极度忧郁。我的同桌,犹如洞悉了我的失落,除了天天收集笑话讲给我,还负责给我擦桌子,给丢三落四的我保管车钥匙,带了山里的野味儿给大家分过以后,把大包的留给我。

优越的生活让我习惯于享受别人的关爱,所以像他这样长相一般的老留级生对我的好,我更是心安理得,照单全收。

直到有一天他给我写了纸条,那些炙热的话语让我怀疑这样近的距离他怎么能有这么深刻的思念。

但我感觉羞愤难当。我认为被别人暗恋如同早恋一样,是可耻的,再则,他已经充分取得了我的信任,竟不知这样的好夹杂着这么复杂的阴谋,最最重要的是,他除了在班里有些威信,功课还算好之外,再没有什么魅力。我不想跟没有阳光长相的男生恋爱,被暗恋也不行。

十六岁的决裂来得很快,我立即疏远他,他对我还是那种不低架子不弯腰的好。如果他能像"花季"中的原野或欧阳那样洒脱,随便哪个,我都不会反应这么强烈。那时候的虚荣膨胀到这个秘密我甚至没有告诉我的密友,我觉得被一个没有品位的男生看上,是我的羞耻。

于是,我的高中生活陷入了极度无趣,不跟同桌讲话的校园生活一点也不吸引人,而且还要小心地包裹着在当时看来,如同惊天的秘密。

他却毫无保留地把一个成年人的痛楚,展示给了尚且懵懂的我们,他变得忧郁且易怒。我和他,手臂经常交错,甚至手指也会常常碰触,但,都被我一脸的漠然化为天涯的距离。

有一件事,导致了我对他的彻底爆发,他竟然在给我的一封信里写到他在梦中吻了我,而且详尽地描述了自己的感受。现在想想,当时他没有用晦涩的字眼,更没有涉及我认为的下流。但,我气愤极了,这个虚幻的"吻"字如同亵渎了我的身体。

暑假的前一天,我学电影里的情节,连眼神也和女演员丝毫不差,我撕碎了那些信扬在他脸上。绕过他走开的时候,我看到他的眼睛深深地闭上了。

这次,竟是永别。

开学,是在一个晚自习,多日不见的半大孩子头顶头叽叽喳喳地聊着,

同桌还没来。可能是升了级，心智成熟了，我把他的那部分课桌和凳子抹擦干净。但只有几分钟，我就得到了消息——在我们放假的第九天，他因车祸永远地离开了。

秘密没能保住，他的舍友们帮他整理遗物时，发现了他的日记和几封写给我的信。那个年龄，虽然轻狂无知，但在逝去的同伴面前，这些大男孩仿佛一夜成长，男生们都知道有这么一本关于青春爱情的日记，但是，没有一个人用异样的眼光看我，甚至没有人问过我，他们对我投入了更多的关爱，因为，马上有人坐到了我身边。他们想让我觉得，我的身边不曾有人离开过。

翻越了几座大山，我们寻到了他的栖身之处，丘陵地带的一簇杂草中苍凉滋生。简单的祭奠仪式上，十六七岁的孩子们学着大人用传统的方式表达了自己的哀思，我们焚烧了他在校的所有物品，包括那本日记。点燃前，班长走到我面前说，你看一眼吧。我说不看了。

我后来的表现异常冷静。那段时间，我无数次想象，如果他重新拥有生命，我愿意为他做一切，包括嫁给他，一定嫁给他。

现在想想，如果重新来过，我一定选择尊重他。

之所以在以后的日子里我能有很多宽厚的领悟，缘于十六岁那年我亲历了一个生命的终结，一段情感的凄凉消亡。